Gisbert Haefs

Finaler Rettungskuß

Matzbach exklusiv bei KBV:
Acht Neuauflagen und zwei Neuerscheinungen

Mord am Millionenhügel (Juni 2012)
Und oben sitzt ein Rabe (Juni 2012)
Das Doppelgrab in der Provence (Herbst 2012)
Mörder und Marder (Herbst 2012)
Matzbachs Nabel (Herbst 2012)
Kein Freibier für Matzbach (Frühjahr 2013)
Schmusemord (Frühjahr 2013)
Feuerwerk für Matzbach (Frühjahr 2013)
Finaler Rettungskuß (Juni 2012)
Zwischenfälle (Frühjahr 2013)

Gisbert Haefs, Jahrgang 1950, lebt und schreibt in Bonn; als Übersetzer/Herausgeber verantwortlich für Borges, Kipling, Brassens, Dylan u. a., als Autor haftbar für Erzählungen, historische Romane (Hannibal, Troja, Raja, Die Rache des Kaisers, Das Labyrinth von Ragusa u. a.) und Krimis (»Matzbach«).

Gisbert Haefs

Finaler Rettungskuß

KBV

Originalausgabe

www.kbv-verlag.de
E-Mail: info@kbv-verlag.de
Telefon: 0 65 93 - 998 96-0
Fax: 0 65 93 - 998 96-20
Umschlagillustration: Ralf Kramp
Druck: Aalexx Buchproduktion GmbH, Großburgwedel
Printed in Germany
ISBN 978-3-942446-48-8

Okay, Baltasar, wenn du unbedingt willst ... Hier ist die Geschichte. Ein paar Dinge und Vorgänge lasse ich aus, aber damit wirst du leben müssen. Auf dem Klo oder woanders.

1. Kapitel

Irgendwann Mitte Juli im vergangenen Sommer war ich arg früh aufgestanden. Wenn es so stickig ist, schlafe ich meistens schlecht. Draußen hing noch immer dieser Nebel, eher fett als dicht. Feist, dachte ich – feister Nebel; man könnte jetzt nackt über das Feld hinter den Gärten laufen, und keiner würde einen sehen. Die meisten Anwohner waren sowieso in Ferien; wahrscheinlich sähe einen auch keiner, wenn der Nebel sich verzogen hätte.

An diesem Morgen hatte ich einen Sauberkeitsfimmel und wusch mir die Hände sehr gründlich. Dann warf ich die Kaffeemaschine an, und während sie arbeitete, machte ich jene Morgenrunde, die der Herr des zu hütenden Hauses mir ans Herz gelegt hatte: die Vogeltränke säubern und auffüllen, die Goldfische im Teich füttern, Blätter und ähnliches Treibgut aus dem Pool fischen.

Im Nachbargarten war Gereon zugange, ein grauhaariger Mann um die Sechzig, der mehrere Gärten pflegte – auch »meinen« – und hin und wieder nett-bissige Bemerkungen über die besitzenden und vermögenden Herrschaften machte. Es hatte nur zwei oder drei Zigaretten und zwei Schnäpse gebraucht, um zwischen uns eine gewisse Kameradschaft herzustellen, mit dem fließenden Übergang von »Herr Hemmersbach« und »Herr Bongartz« zu Gereon und BoBo. Ich pfiff und winkte; er winkte zurück. Irgendwie sah er so übernächtigt aus, wie ich mich fühlte; kein Wunder bei all dem Zeug, das er abends in seinem Gartenhäuschen durcheinandergetrunken hatte. Ich dagegen war brav bei Wein geblieben.

Nun ging ich zurück ins Haus und lehnte eben die Terrassentür hinter mir an, als ich die Detonation hörte – eine dumpfe Explosion von rechts, vom Nordrand des Orts. Ich wusch mir noch einmal die Hände, setzte mich an den Küchentisch und frühstückte. Dabei dachte ich an Mörser. An eine Rakete, die jemand von einem der Hügel ins Camp gefeuert hatte. An eine Patrouillenfahrt und eine Mine. Wahrscheinlich habe ich dann den Kopf geschüttelt und mir gesagt, daß ich in einem Kaff an der Erft war, nicht mehr in Afghanistan.

Ein paar Minuten später hörte ich Sirenen – Polizei, Feuerwehr, vielleicht ein Notarzt und eine Ambulanz. Ich ging zur Vordertür, dann über den Plattenweg zum Gartentor. Der Briefkasten war leer. Die Zeitungen hatte der Hausherr abbestellt, und es war zu früh für Post, falls es welche gab. Jemand hatte mir einen Brief verheißen, aber was heißt das schon? Er hatte auch versprochen, mich auf der Festnetznummer der Villa hier anzurufen.

In den Nachbarhäusern waren Türen offen; einige Leute standen auf der Straße, redeten und gestikulierten. Die Sicht war gut, kaum noch Nebel. Das Jaulen der Sirenen wollte enden. Ich schaute nach links, nach Norden, zu der Rauchwolke, die sich ausbreitete und den Nebel ersetzte. Noch während ich den Kopf in diese Richtung drehte, sah ich aus den Augenwinkeln rechts den alten Mann mit Krückstock vom Wald her auf die Straße schlurfen.

Katastrophen sind sexy, dachte ich, Greise weniger.

Einen Moment schwankte ich, ob ich wie etliche andere zum Schauplatz gehen sollte. Dann entschied ich mich zur Rückkehr ins Haus, zum nächsten Kaffee. Ich machte rechtsum kehrt, streifte den schlurfenden Alten mit einem Blick und stutzte.

»Matz...«, sagte ich. Aber dann dachte ich, es müsse sich um eine zufällige Ähnlichkeit handeln.

»...bach«, ergänzte der alte Mann. Er blinzelte und blieb vor dem Gartentor stehen. »Wie mein Freund Hejo mal gesagt hat: Namen kann ich mir ja nicht merken, aber Gesichter vergeß ich sofort. Helfen Sie mir mal aus.«

Ich bemerkte, daß sich ein Grinsen meiner Gesichtsmuskeln bemächtigte. »Sie sind das ja wirklich.«

»Eher unwirklich, aber woher kennen wir uns?«

»Bodo Bongartz«, sagte ich. »Vulgo BoBo. Wir haben uns vor vier oder fünf Jahren in Köln gesehen. Bei Yü und Dany.«

»Muß länger her sein. Sieben, acht Jahre, seit die beiden ihre Rumkneipe in der Karibik aufgemacht haben.« Matzbach seufzte. »Bei manchen Leuten kann ich mich nicht einmal erinnern, sie je vergessen zu haben. Bei Ihnen mach ich eine Ausnahme.«

Ich sah, wie er sich mit einer Hand am Pfosten des Gartentors festhielt und mit der anderen den Stockgriff umklammerte. »Wollen Sie sich 'nen Moment setzen?«

Matzbach nickte. »Seßhaftigkeit ist ein Laster, aber was nützen mir in meinem Alter Tugenden?«

»Kommen Sie.« Ich öffnete das Tor. »Soll ich Ihren Arm nehmen?«

»Den behalte ich.«

Ich ging voraus und hielt die Haustür weit auf. Während ich den Greis betrachtete, der sich mit der Rechten auf den Stock stützte, mit dem linken Arm ruderte, die Füße kaum heben konnte und dazu ächzte, versuchte ich mich an den anderen Matzbach zu erinnern, den ich damals getroffen hatte. Der hier war immer noch groß, aber gebeugt; der andere – sicher insgesamt 120 Kilo, verteilt auf 185 oder 190 Zentimeter – hatte wie eine gewaltige Quasselmasse gewirkt. Der hier schien immer noch quasseln zu können, aber die Masse hatte sich wohl in Falten und losen Klamotten aufgelöst.

»Sie scheinen in den letzten Jahren irgendwann in einen Entsafter geraten zu sein«, sagte ich, als wir im Hausflur standen. Ich schloß die Tür hinter uns.

»Ah bah. Wer braucht schon Saft? Aber Sie hatten was von Setzen gesagt.«

»Kommen Sie, hier links in die Küche.«

»Wollen Sie mich zubereiten?«

»Nee, aber die Küche ist der einzige Raum des Hauses, in dem ich rauchen darf.«

»Wer erlaubt Ihnen denn so was?«

»Der Besitzer.«

Matzbach ließ sich schnaufend auf den Küchenstuhl sacken, den ich ihm hinschob. »Erhellen Sie mich«, sagte er. »Gewährt Ihnen hier jemand Unterschlupf?«

»Nee. Ich bin – wie sagt man das? Haussitter? Hüter der Herdflamme?«

»Wenn Sie auch die Hähne hüten, schauen Sie doch mal nach, ob in dem da noch ein Tropfen Wasser steckt.«

Ich deutete auf die Thermoskanne neben der Kaffeemaschine. »Einen Becher davon vielleicht? Milch? Zucker?«

»Wenn Sie mich fragen, ja. Die Ärzte sehen das anders.«

Ich drehte den Kaltwasserhahn auf, ließ das Wasser ein paar Sekunden laufen, nahm ein Glas aus dem Hängeschrank über der Spüle, füllte es und stellte es vor Matzbach auf den Tisch.

»Seien Sie gepriesen.« Matzbach trank, seufzte, trank abermals.

»Kleine Schlucke? Ich hab Sie als großen Schluckspecht in Erinnerung. Soll ich Sie bedauern? Fragen?«

»Unterlassen Sie solches. Mich zu bedauern, würde ja nur dazu führen, daß Sie sich edel vorkommen. Ich mag nicht Instrument Ihrer Selbsttäuschung sein.«

Ich schüttelte den Kopf, goß Kaffee in einen Becher, ließ mich Matzbach gegenüber nieder und drehte die nächste Zigarette. »Geht mich alles nichts an«, sagte ich, »aber Sie sehen schlecht aus, und was machen Sie überhaupt hier an der Erft statt am Rhein?«

»Der Name des Flusses, an dem man sich dem Verfall ergibt, spielt doch eigentlich keine Rolle, oder?«

»Ihr Mundwerk tut's jedenfalls noch, egal an welchem Wasser.«

Matzbach sagte etwas, aber ich verstand nichts; ein Hubschrauber schien extrem niedrig über die Häuser zu fliegen oder in der Luft zu stehen.

Ich stand auf und schloß die Terrassentür. Hier und da klirrte etwas, aber immerhin war der Lärm ein wenig gemildert.

»*Si vis pacem para decibellum.*« Matzbach zupfte an seinem rechten Ohrläppchen. »Danke für die Linderung.«

»Wenn du Frieden willst, erhöhe die Dezibelzahl?« Ich gluckste. »Mann, das wär's doch! Eine Lärmwaffe ...«

»Soldat, haben Sie damals gesagt. Jetzt fällt's mir wieder ein.« Matzbach schloß die Augen; er schien den Rauch der Zigarette zu schnüffeln und seufzte leise. »Ah, Tabak.« Er öffnete die Augen wieder. »Soldat hab ich mir gemerkt. Die meisten, die so etwas in, na ja, Zivilistengesellschaft sagen, tun so, als müßten sie sich dafür entschuldigen. Ich erinnere mich jetzt, daß Sie bei der Frage nach dem, was Sie so machen, ohne Entschuldigung ausgekommen sind. Hat mir gefallen.«

»Ist doch ein ehrenwerter Beruf.« Ich hob die Schultern. »Ich glaube, entschuldigen muß man sich zur Zeit wohl nur als Banker oder Politiker, wie?«

»Ich hätte noch ein paar andere Vorschläge. Aber wieso hütet ein Soldat ein Haus?«

»Längere Geschichte.«

»Haben Sie's eilig? Für gute Geschichten hab ich immer Zeit.«

»Keine Ahnung, ob's eine gute Geschichte ist. Ich weiß auch nicht, ob ich sie erzählen mag.«

Matzbach nickte. »Dann ist die Geschichte gut.«

»Woher wollen Sie das wissen?«

»Lustgewinn entsteht nur durch das Überwinden von Schwierigkeiten oder Hemmnissen. Wenn Sie's nicht erzählen mögen, ist wahrscheinlich eine hemmende Schwierigkeit eingebaut, deren Überwindung Ihnen Lustgewinn verschaffen sollte. Und beim Zuhören dann vielleicht auch mir.«

Der Hubschrauberlärm ließ nach, ohne ganz zu enden. Ich stand auf, öffnete die Tür wieder und ging für ein paar Momente auf die Terrasse. »Scheint da landen zu wollen, wo es gerumst hat«, sagte ich, als ich mich wieder an den Küchentisch setzte. »Sind Sie gar nicht neugierig, was die Explosion angeht?«

Matzbach rümpfte die Nase. »Es hat einen Knall gegeben. Und Qualm. Die Polizei hat ihre Sirenen ausprobiert. Jetzt fliegt ein Polizeihelikopter spazieren. Wenn ich neugierig wäre, würde mir das was nützen? Der Qualm geht nicht wieder in die Büchse, aus der er gekommen ist. Wenn's da einen Tatort oder Untatort gibt, ist er vermutlich abgesperrt, und die Jungs, die da rumlaufen, beantworten bestimmt keine Fragen. Also? Was war mit Ihrer Geschichte?«

Ich musterte das Gesicht, die Falten, das graue Kraushaar. Und die Augen. Sie waren grau, irgendwie scharf hinter einem Schleier aus Müdigkeit oder Erschöpfung.

»Sie wirken schon viel lebendiger als vorhin«, sagte ich. »Liegt das am Wasser? Am Sitzen? Oder daran, daß Sie ein bißchen gedrechselten Senf ablassen konnten?«

Matzbach lachte. »Das wäre ein erlesener Beruf – Senfdrechsler ... Lassen Sie mich noch ein bißchen weiter drechseln, ja? Da Sie offenbar nicht reden mögen. Sie sind, schätze ich, Anfang dreißig, haben irgendwann mal Abi an einer Schule gemacht, auf der es noch Latein gibt, und sich danach zu den Fahnen des Vaterlands begeben. Jetzt hüten Sie ein Haus. Zwölf Jahre Bundeswehr? Ausgestiegen, weil Sie keine Lust mehr hatten und was anderes machen wollten? Dann würden Sie hier nicht dieses Haus hüten. Oder sich jedenfalls nicht als Haussitter bezeichnen. Also nicht ausgestiegen, sondern vielleicht verwundet ausgeschieden? Mit einer kleinen Versehrtenrente, ah, Gebührnis oder wie immer das amtlich heißt, und bis Ihnen was Interessantes einfällt, hüten Sie Häuser. Hm. Afghanistan?«

Ich bewegte die Schultern; mir war, als liefe eine Spinne mit Eisfüßen meine Wirbelsäule hinab und wieder hinauf. »Kein Abi, ein Jahr vorher abgebrochen. Sonst nicht schlecht. Wenn Sie jetzt noch etwas über meinen Teint und meine Haltung sagen, weiß ich, in welchem Buch wir sind.«

»Hatten Sie beim Bund so viel Zeit zum Lesen? Aber keine Sorge, Watson.« Matzbach schob die Unterlippe vor und tastete nach dem Wasserglas. »Hätten Sie wohl noch ein paar von diesen köstlichen Tröpfchen für mich?«

Ich nahm das Glas und ging zur Spüle. Aus den Augenwinkeln registrierte ich eine Bewegung, draußen hinter der Ilex-Hecke. »Moment«, sagte ich. »Da ist jemand ...« Ich trat auf die Terrasse hinaus und rief: »Hallo, was machen Sie da? Sie wissen, daß das ein Privatgrundstück ist, ja?«

Im Prinzip interessierte es mich nicht, was da im Garten kreuchte. Ein Eindringling, zwei Zweidringlinge – Mensch oder Tier, Stadt Land Fluß. Natürlich hatte es BoBo den Haussitter zu beschäftigen, aber ich wollte vor allem ein paar Momente aus der Küche, weg von Matzbach. Es war eine Art Abwägen. Was auch immer in den letzten Jahren mit ihm geschehen war, was ihn hatte altern und verfallen lassen, mochte eine trübe oder – je nach der Art des Erzählens – erheiternde Geschichte ergeben. Sie zu hören war mir aber weniger wichtig als etwas anderes: meine Geschichte nicht zu erzählen. Und ich wußte nicht, wie lang ich mich seiner Fragen und seines Scharfsinns erwehren konnte.

Von der Terrasse führten drei Stufen hinunter zu einer größeren Rasenfläche, die ich eigentlich mähen sollte. Dahinter stand die wie mit Lineal und Skalpell beschnittene Ilexhecke, dahinter die Trauerweide, an die sich ein Geräteschuppen lehnte. Und dort hatte ich die Bewegung gesehen.

»Hallo? Wer sind Sie?« rief ich.

Es gab keine Reaktion. Entweder hatte ich mich geirrt, oder der Eindringling legte keinen Wert auf Konversation.

Ich dachte an andere Hecken unter einem anderen Himmel, staubige Krüppelgewächse; an Erdwälle, hinter denen bärtige Männer mit Kalaschnikows liegen konnten. Ich dachte einen herben Fluch, der im Zweifel mir selbst galt, ging ein paar Schritte nach links und gelangte zwischen zwei Blumenbeete, in denen Gartenzwerge hockten und mich anstarrten, als wollten sie sagen: »Unkraut jäten, BoBo.« Aber dafür wäre sowieso Gereon der Gärtner zuständig. Rasenmähen, hatten der Besitzer und ich vereinbart, wäre das Äußerste an Tätlichkeiten.

Am Ende der Beete gab es eine kleine, freie Fläche, und von dort konnte ich halb hinter den Ilexwall schauen. Am Fuß der Trauerweide, mit dem Rücken gegen die Tür des Geräteschuppens, saß eine rothaarige Frau.

»Hallo?« sagte ich noch einmal.

Keine Reaktion. Sie saß da, als ob sie mit offenen Augen schliefe. Als ich näherkam, sah ich, daß sie den Mund bewegte, aber es war nichts zu hören.

Langsam ging ich zu ihr. Eigentlich mußte sie mich gesehen haben, aber noch immer reagierte sie nicht. Sie saß da, starrte in die Luft, bewegte die Lippen. Die Hände lagen mit aufwärts gedrehten Handflächen auf ihren Oberschenkeln. Sie trug zerschlissene Sportschuhe, Jeans und ein dunkles Sweatshirt. Das schulterlange, rote Haar war wirr, wie zerwühlt, und aus dem Staub, der es bedeckte, lugten hier und da Blätter und kleine Zweige. Auch Gesicht und Kleidung waren überall von Staub und Erd- oder Mörtelbrocken beschmutzt, so daß ich nur einzelne Buchstaben entziffern konnte und nicht wußte, wofür das Sweatshirt warb oder welche wesentliche Mitteilung es der Welt machte.

Ich hatte in Afghanistan genug Leute mit Schock gesehen. Die Rothaarige war offenbar in der Nähe der Explosion gewesen, vielleicht verwirrt, betäubt, taub, sprachlos. Möglicherweise sogar ohne Erinnerung an das Vorgefallene. Sie mußte irgendwie hinter den Gärten übers Feld geirrt sein. Der Garten des Hauses, das ich hütete, hatte zu den Feldern hin einen überwucherten Jägerzaun und ein immer nur angelehntes Törchen – Zuflucht für Gehetzte.

Ich kniete neben ihr nieder und versuchte, mich an halb vergessene, halb verdrängte Anweisungen zu erinnern.

Ehe ich mich wirklich auf etwas besonnen hatte, richtete sie plötzlich den Blick auf mich, biß sich auf die Unterlippe, öffnete den Mund zu einem schwachen Lächeln und sagte: »Rrrrr. Ah.«

»Können Sie mich hören?«

Sie sah mich an, aber ich war nicht sicher, ob die grünen Augen mich wahrnahmen. Ich streckte die Hand aus. Sie senkte den Blick, ließ ihn meinen Arm hinabrutschen, machte wieder »Rrrr« und hob die Linke. Ich nahm sie, zuerst ganz sanft, dann ein wenig fester, stand auf und zog sie vorsichtig hoch. Als sie stand, schloß sie die Augen, schwankte, lehnte sich an mich und begann lautlos zu weinen.

Mit kleinen Schritten gelangten wir zur Terrasse. Dort blieb sie stehen, und ich hatte das deutliche Gefühl, daß sie – oder etwas in ihr – sich fragte, was es mit den Stufen auf sich hatte und ob man diese durch alberne Bewegungen der Beine bewältigen konnte.

»Brauchen Sie Hilfe?« sagte Matzbach. Er war aufgestanden und lehnte mit dem Gesäß am Küchentisch.

»Ah, geht schon. Moment.«

Eine Minute später saß sie auf einem Stuhl. Sie hatte die Hände auf den Tisch gelegt, krümmte die Finger, streckte sie aus, krümmte sie abermals. Es war nicht der Versuch, eine Faust zu machen, sondern eher eine Art Inspektion. Als wären die Finger fremde Geschöpfe, Parasiten, mit deren Eigenarten sie sich vertraut machen mußte.

»Küche«, sagte sie. »Rrrrr.«

»Passen Sie auf sie auf?« sagte ich. »Ich hole Wasser und einen Waschlappen.«

»Wasser. Rrrr.«

Als ich mit einer Schüssel, warmem Wasser und dem Lappen zurückkam, sagte Matzbach gerade: »Rrrr – ah. Ist das ein Name?«

Sie lächelte ihn an, ein wenig verloren, und schien zu nicken, falls es nicht nur ein Zucken oder Zittern war.

Matzbach streichelte ihren Arm. »Radegunde«, sagte er.

Sie lächelte, hob den Blick zu mir, schaute dann ihn an.

»Roberta.«

Sie lächelte wieder, leckte sich die Lippen und streckte die Hand nach Matzbachs Wasserglas aus.

Er schob es ihr hin, und als sie trank, sagte er: »Rebekka. Rollmops. Roswitha. Rita. Ramona. Rasenmäher. Rildegard.«

Sie setzte das Glas ab, lächelte und schüttelte den Kopf. »Sie sind verrückt«, sagte sie verblüffend klar. »Renate.«

»Ich heiße nicht Renate. Matzbach, wenn's beliebt. Oder Baltasar, aber der Vorname ist eher ungefüge.«

»Unfug, ungefüge. Baltasar.« Sie hustete. »Tasar. Bal.«

»Soll ich Ihnen helfen, oder können Sie das allein?« Ich schob ihr die Schüssel hin und wedelte mit dem Lappen.

Sie nahm das Stoffstück, tauchte es ins Wasser, wrang es aber nicht aus, sondern klatschte es sich förmlich ins Gesicht. Dann knurrte sie etwas, bewegte beide Arme, hob die Hände zum Gesicht und versuchte, sich beidhändig zu waschen.

»Die Koordination wird immer besser«, sagte Matzbach. »Ich bin sicher, sie hat sich schon mal gewaschen, wenn's auch länger her ist.«

Die Frau lachte halblaut, tauchte den Waschlappen wieder in die Schüssel, wrang ihn diesmal aus und beendete die Gesichtpflege. »Danke«, sagte sie dann.

»Können Sie uns hören?«

»Es rauscht, aber – ja, ich höre Sie. Weit weg.«

»Sie waren zu nah an der Explosion vorhin, oder?«

Sie nickte.

»Wissen Sie, was passiert ist?«

Matzbach blickte mich an und schüttelte den Kopf. »Lassen Sie das arme Kind doch erst mal zu sich kommen.«

»Erinnern soll dabei angeblich helfen.«

»Hilft«, sagte sie. »Aber ... Unter den Trümmern ist einer. Tot. Oswin, so heißt er. Rums.«

Ich legte ihr die Hand auf die Schulter. »Darum kümmern sich längst die Fachleute. Polizei, Arzt, Feuerwehr. Haben Sie den gut gekannt?«

Sie schloß die Augen. »Ja. War früher mal ein netter Mann.«

Matzbach lehnte sich auf seinem Stuhl zurück. Irgendwie erschien er mir mindestens drei Jahre jünger als zuvor. »Kein netter Mann mehr, was?« sagte er. »Ich glaube, ich hätte jetzt doch gern einen netten Kaffee.«

»Und die Ärzte?«

Er hob die Schultern. »Auch Ärzte sind sterblich, also fehlbar.«

2. Kapitel

Ich hatte eben die Kaffeemaschine wieder gestartet, als es an der Haustür klingelte. Ich öffnete und schaute in die grauen Augen einer Polizistin, die mindestens jene Ausmaße hatte, die Matzbach in den letzten Jahren abhanden gekommen waren. Sie nuschelte ihren Dienstgrad – ich glaube, Polizeimeister; darüber, daß sie auf das angehängte -in verzichtete, war ich so überrascht, daß ich mir den Rest nicht merkte. Dann nuschelte sie ihren Namen und fuchtelte mit dem Klemmbrett in der linken Hand.

»Was gehört, gesehen und sichtshalber Sie sind«, sagte sie.

Erst jetzt nahm sie den Kugelschreiber aus dem Mund. Er hatte die Farbe ihres Lippenstifts.

»Kommen Sie rein. Ich bin grad beim Kaffeekochen. Oder wollen Sie's unbedingt im Stehen an der Tür erledigen?«

»Was?« Sie grinste. »Ich bin im Dienst.«

»Dürfen Sie dienstlich an einem Küchentisch sitzen?«

»Wenn Ihr Stuhl mich trägt ...«

»Mal sehen.« Ich ging voran. Matzbach und die Rothaarige saßen in der gleichen Haltung wie vorhin und blickten uns entgegen.

»Die Dame ist von der Polizei«, sagte ich.

Matzbach runzelte die Stirn. »Sind Sie sicher? Bei der Uniform?«

»Ziemlich. Ich hab den Namen nicht verstanden, aber die Uniform scheint echt.«

»Tschuldigung, ich hatte 'nen Kuli im Mund. Unger«, sagte sie.

»Hunger?«

Sie lachte. »Nee, danke, wirklich nur Kaffee. Der Stuhl da okay?«

»Müßte Sie tragen.«

Sie ließ sich neben Matzbach nieder und legte das Klemmbrett auf den Tisch. »Die üblichen Fragen«, sagte sie. »Sie haben ja sicher den Knall gehört. Wer sind Sie, was tun Sie, haben Sie was gehört oder gesehen, was uns helfen könnte. Wie üblich eben.«

Ich verteilte Becher und Löffel, und bis ich Milch und Zucker aufgetrieben hatte, war die Kaffeemaschine zum letzten Röcheln vorgedrungen.

»Wer soll anfangen?« sagte ich beim Eingießen.

»Moment.« Sie notierte die Hausnummer. »Wem gehört die Villa hier?«

»Einem Anwalt«, sagte ich. »Alfried Möller, Doktorjur, zur Zeit abwesend.«

»Alfried? Mit i e?«

»Unbedingt. Darauf legt er wert.«

»Abwesend, sagten Sie? Wo?«

»Hier«, sagte Matzbach, mit einem kaum sichtbaren Zucken der Mundwinkel.

»Bitte?«

»Hier ist er abwesend; ich weiß aber nicht, wo er anwesend ist.«

»O Mann.«

»Lassen Sie sich von dem da nicht irritieren«, sagte ich. »Doktorjur Alfried Möller weilt mit seiner Lebensabschnittsgefährtin auf Trinidad.«

»Trinidad. Karibik, wie? Und Sie?

»Bodo Bongartz, mit te zett. Ich hüte in seiner Abwesenheit das Haus.«

»Und wo wohnen Sie sonst?«

»Ambulant.«

Sie blickte von dem Klemmbrett auf, machte »Mhm«, legte den Stift weg und trank einen Schluck Kaffee. Schwarz, ohne Zucker. »Guter Kaffee, danke. Können Sie das mit Ihrem ambulanten Wohnen ein bißchen genauer machen?«

»Kaum.« Ich setzte mich ihr gegenüber an den Tisch. »Zuletzt war ich länger in Afghanistan, dann im Bundeswehrkrankenhaus in Koblenz. Seitdem hüte ich Häuser oder schlafe bei Bekannten auf der Couch.«

»Hatten Sie so was wie 'nen Dienstgrad und 'ne Nummer?«

Ich nickte und diktierte langsam.

Als sie das notiert hatte, trank sie den nächsten größeren Schluck und wandte sich an die verstaubte Dame. »Und Sie?«

Sie räusperte sich. »Schäfer«, sagte sie. »Vorname Coralie. Mit Cäsar.«

»He«, sagte ich. »Eben hießen Sie doch noch Renate.«

Matzbach seufzte. »Sie hat rrrr gemacht, um den Schlund freizukriegen, nehm ich an. Ich habe blöde Vornamen mit Rudolf erfunden, um ihr den Weg ins Leben zu ebnen. Und um mich zu foppen, hat sie dann Renate gesagt.«

Polizeimeister Unger gluckste. »Also Schäfer, Coralie, ohne Renate. Wohnen Sie hier?«

»Nee.« Sie nannte eine Adresse in Nideggen und sagte, sie sei Lehrerin an der Grundschule. »Zur Zeit krankgeschrieben.«

»Okay, hab ich. Und Sie?«

Matzbach rührte heftig in seinem Kaffee. Er trank, nannte seinen Namen, trank abermals, erwähnte die Breite Straße samt Hausnummer in Bonn, schmatzte, trank noch einmal und lehnte sich ächzend zurück. »Und ich bin hier spazierengegangen«, sagte er dann. »Mein Wagen steht am Ende der Straße auf dem Parkplatz, da, wo der Waldweg anfängt. Ich habe einen Rums gehört, den Wald verlassen und bin langsam, wie es meinem Senioren- beziehungsweise Senatorenzustand entspricht, von Neugier keineswegs getrieben, nur ein bißchen gezogen, die Straße Richtung Rums gewandert. Da habe ich dann Herrn Bongartz vulgo BoBo am Törchen dieses Hauses gesehen und er mich, und uns beiden fiel ein, daß wir einander vor Jahren bei gemeinsamen Bekannten in Köln begegnet sind. Daraufhin habe ich mein Schleichen in Richtung Rums abgebrochen und bin ihm zu gepflegter Konversation ins Haus gefolgt.«

»Joj«, sagte Unger. »Druckreif.« Sie sah mich an. »Und Sie waren vorn am Gartentor?«

»Ich hatte den Knall gehört und mir gedacht, daß es mich nichts angeht. Als dann all die Sirenen dazugekommen sind, bin ich rausgegangen, um zu sehen, ob es schon Post gibt und ob auf der Straße was los ist.«

»Und Sie, Frau Schäfer?«

Coralie blickte an ihrem völlig verstaubten und verdreckten Sweatshirt hinab. »Ich weiß nicht«, sagte sie langsam. »Ich war bei dem Haus, als es explodiert ist. Das hier« – sie zupfte am Stoff vor ihrem Bauch; eine kleine Lawine löste sich und rutschte auf den Küchenboden – »kommt von daher. Danach war ich völlig benommen. Taub, glaub ich; kann sein, daß ich ein paar Minuten ohnmächtig war. Ich bin dann wahrscheinlich aufgestanden und irgendwie hintenrum zu dem Garten hier gekommen, und da gibt's ein Tor zum Feld hin, und da hab ich dann Zuflucht gesucht. Oder so.«

»Was haben Sie denn an dem Haus gemacht? Und wie sind Sie hergekommen ?«

»Weiß ich nicht.« Sie hob die Schultern. »Keine Ahnung. Ich hoffe, es fällt mir wieder ein.« Sie stieß ein leises, eher verlegen denn erheitert wirkendes Lachen aus. »Hoffe ich schon allein deshalb, weil ich nicht mal weiß, ob ich irgendwo hier ein Auto stehen hab oder mit Bahn und Bus gekommen bin.«

Die Polizistin rümpfte die Nase und klopfte mit dem Kuli an ihr Kinn. »Schock und vorübergehende Amnesie? Oder so? Na ja, damit sollen sich die Kollegen befassen. Sie werden wahrscheinlich alle noch mal um Auskünfte gebeten werden.«

»Was ist denn eigentlich passiert?« sagte ich.

»Eine Detonation mit anschließendem Brand in einem Wohnhaus. Das Gebäude ist teilweise zerstört. Im Moment versuchen die Kollegen, in den Trümmern irgendwas zu finden. Spuren, Opfer, was auch immer.« Sie leerte den Becher, schob den Stuhl zurück und tat, als wollte sie aufstehen.

»Moment noch, bitte«, sagte Matzbach. »Sie haben was von weiteren Auskünften gesagt. Müssen wir jetzt hier in der Küche sitzen, bis jemand kommt?«

Unger lachte. »Nee, ich hab ja Ihre Adressen notiert. Ah, Telefonnummern fehlen noch. Könnten Sie ...?«

»Ich hab kein Telefon«, sagte ich. »Von wegen ambulant. Die nächsten zehn Tage bin ich aber noch hier zu finden.« Ich nannte ihr die Festnetznummer.

Coralie Schäfer tastete nach etwas in ihren Hosentaschen. »Ich hab ein Handy«, sagte sie; diesmal klang sie ein wenig kläglich. »Aber keine Ahnung, wo es ist. Zuhause. Oder verloren. Die Nummer ...« Sie zögerte. »Mist. Ich kann mich nicht mal an meine eigene Nummer erinnern.«

Matzbach nickte. »Das ist gut; manche Nummern sollte man sowieso vergessen. Meine weiß ich leider noch.«

»Ja bitte?«

Er ratterte ein paar Zahlen herunter, Handy der Telekom und Festnetz mit Bonner Vorwahl. Dann sagte er: »Und wie geht's jetzt weiter? Mit uns, meine ich, und mit der zerlegten Immobilie? Wem gehört die eigentlich?«

Unger schüttelte den Kopf. »Weiß ich nicht. Und wenn ich's wüßte ... Also, im Moment sind die Kollegen aus Erftstadt und Kerpen dran. Ich nehme an, daß es auf was Größeres hinausläuft; dafür ist dann Köln zuständig.«

»Wollen Sie noch 'nen Kaffee?« Ich streckte die Hand nach der Kanne aus.

Die Polizistin stand auf. »Nee, danke, einer war genug. Vielen Dank überhaupt für den freundlichen Empfang und die Auskünfte. Wo geht's lang?«

»Kommen Sie«, sagte ich; »ich bring Sie raus.«

Als ich die Haustür geöffnet hatte, legte sie mir einen Finger auf den Unterarm und sagte leise: »Kommen Sie noch 'ne Sekunde mit raus? Eine Bitte ...«

Ich folgte ihr hinaus auf den Plattenweg zum Törchen.

Mit einem Blick zur Tür sagte sie, nicht mehr ganz so leise: »Also, die Frau ... Können Sie bitte dafür sorgen, daß sie noch ein Weilchen bei Ihnen bleibt?«

»Wollen Sie uns verkuppeln?«

Sie lachte. »Nee, aber ich finde, die sollte kurz untersucht werden. Ich schicke gleich 'nen Kollegen mit 'nem Arzt vorbei.«

»Okay, kein Problem. Es sei denn, sie will weg; mit Gewalt kann ich sie ja nicht festhalten.«

»Versuchen Sie's.« Sie nickte mir zu, ging hinaus, schloß das Törchen hinter sich und wandte sich nach links, zurück zum Schauplatz. Ich nahm an, daß dort neben ihren Kollegen, wahrscheinlich Feuerwehrleuten und anderen, auch Ärzte waren. Für alle Fälle, falls man in den Trümmern jemanden fand.

Als ich wieder in die Küche kam, hatte sich Coralie Schäfer von weiteren Staubmengen befreit. Sie blickte auf den Boden, sah mich dann an und sagte: »Tut mir leid; ich mach das gleich weg. Nachher. Krieg ich noch 'nen Kaffee?«

Ich goß ihr nach.

Matzbach legte die Hand auf seinen Becher. »Ich bitte nicht«, sagte er. »Aber wissen Sie was? Zum ersten Mal seit langem hab ich einen klaren Kopf.«

»Koffeinjunkie?«

Er zuckte mit den Schultern. »Klar doch. Und diese netten Pastillen, die der Doktor mir ersatzweise empfohlen hat, bringen's nicht. Nicht ganz jedenfalls.«

Tatsächlich wirkte er erheblich frischer als in dem Moment, da ich ihn ins Haus gebracht hatte.

»Freut mich; wenigstens einer, dem's besser geht.«

»Mir geht's auch besser.« Coralie klopfte weiteren Staub aus den Seiten ihres Sweatshirts. »Danke für den Unterschlupf, überhaupt.«

»Wann kommt die Dame von der Polizei mit dem Arzt?« sagte Matzbach.

»Wieso ...«

Er winkte ab. »Ist doch klar. Erstens allgemeine Fürsorge, wie? Versorgung von Traumatisierten nach einer Katastrophe. Zweitens ist sie eine potentielle Zeugin, auch wenn sie sich im Moment an nichts erinnern kann.«

»Reden Sie von mir?« Coralie preßte die Lippen zu einem Strich. »Meinen Sie, da kommt noch was?«

Ich legte ihr eine Hand auf die Schulter. »Keine Sorge. Die tun Ihnen nichts. Ich nehme an, die wollen nur dafür sorgen, daß Sie nicht mit irgendwelchen bleibenden Schäden rumlaufen und nach ein paar Schritten umfallen.«

»Rums, da fiel das Frollein um«, sagte Matzbach, »und alles voll Petroleum. Linoleum. Egal. Sie sollten sich aber gut überlegen, woran Sie sich erinnern wollen.«

Sie nickte kaum merklich. »Meinen Sie, ich hab was mit der Sache zu tun?«

Matzbach seufzte. »Sie haben uns was von einem Toten erzählt. Einem gewissen oder ungewissen Oswin, der früher mal ein netter Mann war, wie Sie sagen. Woher wissen Sie, daß er tot unter den Trümmern liegt?«

Sie zögerte. »Ich weiß es eben.« Dann schüttelte sie den Kopf. »Ich weiß aber nicht, woher ich das weiß. Ehrlich gesagt, weiß ich nicht mal, ob ich es wirklich weiß. Verstehen Sie das?«

Ich rollte mir die nächste Zigarette und dann gleich noch ein paar mehr auf Vorrat. Beim Drehen kann man gut denken – ich jedenfalls, und ich hatte reichlich Anlaß zum Grübeln.

Eine Renate namens Coralie, die staubbedeckt und mit Erinnerungslücken durch Gärten wankt. Ein vom Fleisch gefallener Matzbach, der in Bonn wohnt und behauptet, er sei einfach so in dieses verlassene Kaff an der Erft gefahren, um hier spazierenzugehen. Und ich, Haussitter ohne festen Wohnsitz. Wenn ich Polizist wäre, dachte ich, würde ich uns alle drei ausquetschen. Ich wußte, daß ich nicht unbedingt gelogen, aber einiges verschwiegen hatte. Ich war ziemlich sicher, daß Matzbach gründlich gelogen und außerdem einiges verschwiegen hatte. Und was Coralie Schäfer anging, war ich überzeugt davon, daß sie sich inzwischen an mehr erinnerte. Und daß sie es weder uns noch gar der Polizei erzählen würde.

»Nette Runde«, sagte ich. »Lauter Märchenerzähler.«

»Und die Polizistin weiß bestimmt auch mehr, als sie uns gesagt hat«, knurrte Matzbach.

»Hören Sie, Herr Matzbach ...«

Er hob die Hand. »Wir müssen uns ja nicht gleich duzen oder sonstige Intimitäten begehen, Coralie«, sagte er. »Aber lassen wir doch das mit den gnädigen Frauen und durchlauchten Herren, ja?«

Sie lächelte schwach. »Okay, also Baltasar. Was hat es mit der Polizistin auf sich?«

»Die weiß inzwischen ganz sicher, wem das kaputte Haus gehört. Und wenn sie, wie Sie sagen, BoBo, einen Arzt schicken will ...«

»Hab ich überhaupt nicht gesagt.«

»Sie haben's von mir hingenommen und danach indirekt vorausgesetzt. Also. Wenn die einen Arzt schicken will, sieht die das alles genauso wie wir. Außerdem heißt das, daß es da mindestens einen Arzt gibt; wahrscheinlich mehrere, und das heißt ...«

Es klingelte. Ich ging wieder zur Haustür und öffnete. Draußen standen zwei Personen in Zivil: eine ältere Frau mit Arztkoffer und ein älterer Mann, der eben ein Handy einsteckte.

»Kommen Sie rein«, sagte ich. »Sie wollen ...«

»... ein Unfallopfer versorgen«, sagte die Ärztin. »Wo ist die Frau?«

»In der Küche. Wollen Sie 'nen Kaffee?«

»Keine Zeit. Aber danke.«

Ich führte die beiden zur Küche. Die Ärztin erkundigte sich, ob sie mit Coralie zu einer kurzen Untersuchung in ein anderes Zimmer gehen könne. Ich brachte sie ins weitläufige Wohnzimmer, wo es auch eine große Ledercouch gab.

»Rufen Sie, wenn ich was tun kann«, sagte ich.

In der Küche war Matzbach eben dabei, dem Zivilbeamten die gleiche Geschichte zu erzählen, die vermutlich schon Frau Unger nicht geglaubt hatte. Ich goß mir Kaffee nach und zündete eine Zigarette an.

Der Beamte hustete. »Muß das sein?«

»Es muß. Zum Nichtrauchen können Sie ja rausgehen.»

»Gute Idee«, sagte Matzbach. »Sollte man überall so halten.«

»Sie haben von einem Wagen gesprochen. Wo genau steht er? Können Sie mir Kennzeichen und Fabrikat sagen?«

»Kann ich.«

Der Mann wartete; als Matzbach nicht weitersprach, stöhnte er matt und sagte: »Dann tun Sie es doch, bitte.«

Matzbach nannte ihm das Kennzeichen – eine Oldie-Nummer mit einem H hinter den Zahlen – und sagte: »Citroën. Eine schwarze DS 21.«

»Ei, der alte Haifisch?«

»Sie werden ihn kaum übersehen können. Sieht schließlich nicht so aus wie alle anderen Autos, die da oder sonstwo rumstehen.«

Der Beamte nickte. Danach stellte er mir ein paar Fragen, im Prinzip die gleichen, die ich schon Frau Unger lückenhaft beantwortet hatte.

Wir waren eben damit fertig, als die Ärztin und Coralie wieder auftauchten.

»Die junge Dame hier wäre besser zur Beobachtung im Krankenhaus aufgehoben«, sagte sie. Die gerunzelte Stirn und mehr noch der Tonfall verrieten arges Mißfallen. »Sie will aber nicht. Was können wir tun?«

»Wir können sie nicht zwingen«, sagte der Beamte. »Jedenfalls im Moment noch nicht.«

Matzbach keckerte leise. »Es sei denn, es läge etwas gegen sie vor, oder? Irgendwo liegt doch bestimmt was rum.«

»Sie sollten sich auf keinen Fall viel bewegen, Frau Schäfer«, sagte die Ärztin. »Keine Heimfahrtversuche oder derlei. Können Sie sie für die Nacht hier unterbringen?«

»Kann ich.«

»Wenn Sie sich morgen früh halbwegs normal fühlen, ist wahrscheinlich nichts Ernstes zurückgeblieben. Sie sollten sich aber auf jeden Fall in den nächsten Tagen in ärztliche Behandlung begeben – mindestens noch eine gründliche Untersuchung. Ich schreib Ihnen auf, worauf die Kollegen achten sollten.«

Coralie ließ sich wieder auf ihren Stuhl sinken; sie wirkte matt. Mit einem schwachen Zwinkern sagte sie: »Danke – BoBo.«

Der Beamte bat uns mit einer gewissen Herbheit, in den kommenden Tagen erreichbar zu bleiben; dann gingen die beiden.

Als ich wieder in die Küche kam – irgendwie kam ich mir wie ein Weberschiffchen vor –, hielt sich Matzbach eben eine meiner Reservezigaretten unter die Nase und schnüffelte.

»Wollen Sie eine?«

Er legte das nicht besonders gelungene Objekt auf den Tisch. »Nee, danke, ich wollte nur kurz meine Lunge mit verwunschenen Aromen betrügen.«

Ich setzte mich und rauchte, und niemand sagte etwas. Matzbach starrte aus der Tür auf die Terrasse oder auf irgendwas im Garten. Coralie hatte sich auf dem Stuhl zurückgelehnt, so weit dies möglich war; sie hielt die Augen geschlossen und summte tonlos vor sich hin.

Als ich die Zigarette beendet hatte, räusperte ich mich. »Wie wär's zur Abwechslung mit Konversation? Oder möchte jemand was essen?«

»Hunger wär jetzt nicht schlecht«, sagte Coralie. Sie öffnete die Augen und lächelte. »Ich hab keinen, aber ich sollte, oder?«

Matzbach stand auf. »Ich überlasse Sie gefräßigem Reden und dem Plaudern des Bestecks. War mir ein Vergnügen,

Meister.« Er nickte mir zu. »Und Sie, junge Frau, brauchen Sie noch was? Abgesehen von Dingen, die ich weder liefern noch leisten kann?«

Sie kicherte. »Nee. Aber kommen Sie wieder? Später? Sie reden so schön wüst.«

Matzbach tat, als ob er zögerte. »Ich weiß nicht ... Morgen, vielleicht. Es könnte ja sein, daß irgendwem bis dahin etwas eingefallen ist.«

»Was soll uns denn einfallen?« sagte ich.

»Sachdienliche Hinweise, zum Beispiel. Über explodierende Häuser und früher mal nette Oswins. Derlei.«

»Ich bin sowieso hier. Finden Sie allein raus?«

Er nickte, nahm seinen Gehstock und schlurfte zur Haustür.

Als sie ins Schloß gefallen war, blickte Coralie mich an. »Was ist denn das für einer?«

»So genau weiß ich das auch nicht.«

»Ungefähr wenigstens?«

»Ich will's versuchen. Matzbach hat genug Knete – angeblich hat er mal im Lotto gewonnen, irgendwas erfunden und jahrelang die Herz-und-Schmerz-Briefe in einer großen Illustrierten betreut. Hieß ›Fragen Sie Frau Griseldis‹.«

»Griseldis? Ach du liebe Zeit.«

»Außerdem hat er sich wohl als ... wie hat sein Kumpel Yü das noch ausgedrückt? Marodierender Hobbydetektiv? So ähnlich. Jedenfalls hat er ein paar Fälle, sagen wir mal so, aufgeklärt, und weil das meiste daran ziemlich illegal war, hat er dabei auch noch gut verdient. Viel mehr weiß ich nicht. Ich hab ihn vor Jahren flüchtig kennengelernt. Damals hat er schon genauso geredet wie heute, aber er hatte mindestens zwanzig Kilo mehr drauf, hat Zigarren geraucht und, glaub ich, zwischendurch gründlich Wein getrunken. Müßte jetzt um die Siebzig sein oder knapp drüber.«

»Hm. Eh, Sie haben eben was von Essen gesagt.«

»Viel hab ich nicht im Haus. Kartoffeln von gestern, zum Braten, ein Kotelett, so was.«

»Klingt gut. Kann ich helfen?«

»Bleiben Sie sitzen.«

Sie blinzelte zu mir hoch, als ich aufgestanden war und einen Moment neben ihr stand. »Und Sie sind ganz sicher, daß ich Sie nicht störe? Ich meine, ich weiß nicht, wie ich hergekommen bin, und morgen geht's mir vielleicht besser.«

»Keine Sorge. Wenn Sie nicht zu viel reden und mit Messer und Gabel umgehen können ...«

Beim Essen stellte sie Mutmaßungen darüber an, daß sie möglicherweise Vegetarierin sei – Vegetarierin mit Fleischhunger und Amnesie. Sie redete viel; immerhin war sie mit Messer und Gabel weder für sich noch für mich eine Gefahr.

Nach dem Essen gähnte sie plötzlich. »Wie spät ist es eigentlich?«

Ich schaute auf meine Armbanduhr. »Kurz vor drei. Gähnen Sie immer um diese Zeit?«

»O Mann.« Sie schüttelte den Kopf. »Ich fühl mich wie durch den Wolf gedreht. Platt. Meinen Sie, ich könnte ...?«

»Kommen Sie.«

Ich zeigte ihr das Bad, und während sie sich darin aufhielt, bezog ich ein Bett. In der weitläufigen Villa gab es im Parterre das große Wohnzimmer, in dem die Ärztin sie untersucht hatte, ferner Bad und Küche nebst Abstellkammer, ein Büro mit mehreren PCs, in dem der Besitzer vermutlich abends oder am Wochenende arbeitete, und drei Schlafzimmer – Gästezimmer, nach der bloß funktionalen Einrichtung zu urteilen. Monsieur und Madame hatten getrennte Schlafräume mit einer Verbindungstür im oberen Geschoß; ich wußte nichts über die früheren Familienverhältnisse, hatte also auch keine Ahnung, ob die unteren Räume vielleicht einmal Zimmer für Kinder aus einer anderen Liaison gewesen waren.

Coralie wirkte etwas frischer und zugleich völlig erschöpft, als sie aus dem Bad kam. Ich brachte sie zu dem Zimmer mit dem bezogenen Bett.

»Falls Sie was brauchen«, sagte ich, »finden Sie mich in der Küche oder auf der Terrasse. Kann sein, daß ich gleich noch kurz verschwinde. Einkaufen. Haben Sie besondere Wünsche, was das Abendessen angeht?«

»Nee. Irgendwas, bloß kein Aufwand. Wenn ich nachher wach werd, hab ich bestimmt sowieso ein schlechtes Gewissen; da will ich Sie nicht auch noch mit Essenswünschen behelligen.«

»Machen Sie sich bloß keinen Kopf deswegen.«

Sie lächelte flüchtig. »Dazu bin ich zu kaputt.«

Ich räumte die Küche auf, inspizierte die Vorräte, machte eine kleine Einkaufsliste und setzte mich dann kurz auf die Terrasse. Um nachzudenken. Es gab genug zu denken, aber nichts, was dabei herauskommen konnte. Matzbach. Coralie. Die Explosion. Der Mann, der angeblich unter den Trümmern lag ...

Oswin. Kein besonders verbreiteter Name. Zusammen mit der Feststellung, er sei mal ein netter Mann gewesen – wann früher, wieso nicht mehr? –, brachte mich der Name dazu, an Dinge zu denken, die ich gründlich vergessen wollte. Oswin Roggendorf, Kamerad in Afghanistan und dort verschollen. Verschwunden, spurlos, wie man so sagt. Tot, wahrscheinlich von den Taliban umgebracht. Niemand wußte es wirklich. Ich erinnerte mich – unabsichtlich; etwas erinnerte sich in mir an ihn und all das, was mit seinem Ende zusammenhing. Dann gab ich mir einen Ruck, stand auf und suchte die Einkaufstasche.

Coralie hatte ihr Zimmer nicht verschlossen; die Tür war lediglich angelehnt. Ich öffnete sie leise ein wenig weiter und sah, daß die Frau mit geschlossenen Augen auf dem Rücken lag. Ein leichtes Schnaufen oder Röcheln, vermutlich ihre persönliche Form des Schnarchens, sagte mir, daß sie schlief. Ich zog die Tür wieder so weit zu, wie sie es offenbar wünschte, schloß die Küchentür zur Terrasse und verließ das Haus.

3. Kapitel

Vermutlich werde ich nie begreifen, wie man freiwillig in einem solchen Kaff leben kann. Na ja, nicht leben, aber wohnen. Von dem, was man über ein Haus hinaus zum Leben braucht, gibt es dort nichts – abgesehen von einer Kneipe namens *Die Furt*. Sie erhebt sich, nein, duckt sich am Ufer der Erft, an einer Stelle, wo man diesen gewaltigen Strom früher feuchten Fußes durchqueren konnte. Dort zapft der olle Mick, und seine Frau, die olle Helga, hat mit ihren Würstchen, Käsebroten und Mettbrötchen schon oft Leben gerettet. Beiden habe ich versprochen, den Namen des Orts nicht zu nennen.

Unabhängig von diesem Versprechen ist er auch nicht erwähnenswert. Das Kaff besteht aus ein paar Straßen, eher zum Parken als zum Fahren, und den an ihnen aufgereihten Häusern, alle nach 1970 gebaut, einige bescheiden, andere protzig. Hier schlafen die Leute, auch wenn sie wachen. Die meisten arbeiten in Erftstadt, Bergheim, Köln, Bonn oder irgendwo dazwischen. Da der nächste Laden zu Fuß anderthalb Stunden entfernt ist, kaufen sie gewöhnlich auf dem Heimweg ein, und wer nicht fremdbestimmt arbeitet – doch, ja, es gibt auch ein paar Hausfrauen, und manche kümmern sich sogar selbst um ihre Kinder –, braucht eben ein zweites Auto. Es gibt einen Schulbus, keine Telefonzelle, einen Briefkasten (Leerung bei Neumond), und wenn zufällig ein Haus in die Luft gesprengt wird, findet man auch Leute auf der Straße.

Ich fuhr die sechs Kilometer zum Supermarkt und kaufte notdürftig ein. Von zwei Kundinnen, die neben mir an der Fleischtheke standen, erfuhr ich, man habe das Haus des

Anwalts Arndt in Brand gesteckt oder gesprengt oder verwüstet oder beschossen, und der arme Mann wisse bestimmt noch nichts davon, weil er sich in Ferien oder im Urlaub in der Karibik oder auf den Kanaren oder Seychellen oder Tahiti aufhalte. Als ich an der Kasse die zuständige Dame animierte, mir ein Päckchen Tabak und Blättchen freizugeben, bildete ich mir ein, draußen auf dem Parkplatz die Silhouette eines Mannes zu sehen, der eigentlich nicht dort sein durfte.

Er stand an der Seite des Parkplatzes neben einem Gebüsch, in der Nähe der Ausfahrt. Ich brachte meine Einkäufe zu meinem antiken Fiesta, und während ich sie verstaute, sah ich unauffällig hinüber. Er unterhielt sich mit einem Mann, der um die Fünfzig sein mochte, dunklen Anzug, offenes, weißes Hemd und einen sorgsam gestutzten, schwarzen Bart trug. Ich weiß nicht, ob für Zentralasiaten alle Europäer gleich oder wenigstens ähnlich aussehen, muß aber zugeben, daß ich auch nach der Zeit in Afghanistan nicht imstande bin, Paschtunen, Tadschiken, Usbeken, Iraner, Pakistaner optisch zu unterscheiden. Und mir wurde klar, daß ich zwei Tage zuvor etwas versäumt hatte.

Woher auch immer die Vorfahren des Mannes stammen mochten, er verabschiedete sich jedenfalls mit einem sehr europäischen Grinsen, ging zu einem Audi, stieg ein und fuhr weg. Der andere, der eigentlich nicht hier sein konnte, schloß den etwas verbeulten Passat auf, neben dem die beiden gestanden hatten.

Als ich den Wagen erreichte, wollte er eben die Fahrertür hinter sich schließen. »He, Rogge«, sagte ich; dabei zog ich die Tür wieder auf.

Er blickte zu mir hoch, zögerte sichtlich einen Moment und schüttelte dann den Kopf. »Mann«, sagte er, »ausgerechnet du, ausgerechnet hier!«

»Mußt du gerade sagen. Wie lebt sich's so als Wiedergänger?«

Er schnaubte, stieg aus und hielt mir die Hand hin. »Fühlt sich das wie eine Gespensterpfote an?«

»Nee. Aber ...«

»Hör zu, ich hab grad überhaupt keine Zeit. Wohnst du hier irgendwo in der Nähe?«

»Vorübergehend.«

»Was heißt das?«

Ich hob die Schultern. »Das heißt, ich hab im Moment keinen festen Wohnsitz.«

Er nickte. »Geht vielen so. Vielen von uns. Können wir uns die Tage abends irgendwo treffen? Wo man in Ruhe reden kann?«

»Ich wollte immer schon mal mit einem Toten reden«, sagte ich.

»Verschollen.« Er zwinkerte. »Vermißt. Jedenfalls soweit ich weiß. Hast du einen Vorschlag?«

»Kennst du die Kneipe *Die Furt*?«

Er schüttelte den Kopf.

Ich beschrieb ihm das Lokal und den Weg dorthin. »Gutes Bier, kleine Terrasse überm Fluß. Wann?«

»Laß mich überlegen.« Er runzelte die Stirn, blickte auf seine Uhr mit Datumsanzeiger und bewegte lautlos die Lippen. »Heut ist Montag, ja?« sagte er. »Ich muß ein paar Sachen erledigen, weiter weg. Donnerstag bin ich wieder in der Gegend. Geht das bei dir?«

»Kein Problem. Paßt dir acht Uhr?«

»Ja, müßte klappen. Vielleicht ein bißchen später, so um halb neun?«

»Okay, Oswin.«

Er tippte mir mit dem Zeigefinger gegen die Brust. »Kann ich mich darauf verlassen, daß du bis dahin dichthältst?«

»Ich werde weder die Polizei noch den Verteidigungsminister damit behelligen.«

Er zwinkerte noch einmal, stieg ein, startete, fuhr das Fenster herunter und winkte, ehe er den Parkplatz verließ.

Ich setzte mich auf die hüfthohe Mauer zwischen Parkplatz und Gebüsch, rollte mir eine Zigarette, zündete sie an und versuchte zu denken. Was nicht einfach ist, wenn die Gedanken sich wie glitschige Geisteraale knäueln, ballen und balgen. Ich schloß die Augen, und wahrscheinlich habe ich den Oberkörper vor- und zurückgeschaukelt. Ich glaube nicht, daß dies irgendwen gestört hat. Außer vom Laden aus war ich hier ebenso unsichtbar wie zuvor Oswin und der andere.

Der, nach dessen Namen ich mich zwei Tage zuvor nicht erkundigt hatte.

Das Telefon klingelte, als ich eben im Garten war und mit Gereon über den Zaun hinweg die Aussichten des FC für die kommende Saison besprach. Es war Samstag, und Samstage ohne Bundesliga sind öde. Wir einigten uns darauf, daß Poldi allein die Sache nicht reißen könnte, und Gereon, besudelt von der Gnade der frühen Geburt, brach in wehmütige Lobgesänge auf den FC der guten alten Zeiten aus, als die Geißböcke jedes Jahr in irgend einem Europacup mitspielten. Er behauptete, er erinnere sich noch an die Meisterschaften '62 und '64, den zweimaligen Münzwurf nach Verlängerung gegen Liverpool, an Hans Schäfer und Kalli Thielen und Hornig, Overath und Weber sowieso, und über Hennes Löhr und Culli und Konopka und Zimbo (Namen, die ich irgendwann nachzuschlagen oder zu googeln beschloß) kam er gerade zur Meisterschaft '78 und zu Flocke und Neumann, als ich das Schrillen hörte.

Bis ich den Apparat im Wohnzimmer erreicht hatte – ein vermutlich bei Manufactum teuer erworbenes, schwarzes

Bakelitgerät mit Wählscheibe, das nur so weit beweglich war, wie die Schnur reichte –, lief bereits der externe Anrufbeantworter. Ich wartete, bis der Anrufer aufgelegt hatte; dann hörte ich die Nachricht ab. Sie stammte von einem Menschen mit übermäßig kultivierter Stimme; sie klang, als müsste er entweder einen starken Akzent oder grobe Wutanfälle unterdrücken. Er heiße Abromeit, sei der Sekretär eines Herrn Seidler und habe meinen Namen und diese Telefonnummer von Herrn Schwaderlapp bekommen.

Ich rief die angegebene Handynummer an, nannte meinen Namen und sagte: »Was kann ich für Sie tun?«

»Wir stellen für ein paar etwas, eh, kompliziertere Auslandsreisen eine neue Security zusammen. Interessiert?«

»Im Prinzip ja, aber die nächsten zwei Wochen ...«

Er unterbrach mich. »Wissen wir. Wir würden Sie ab Mitte September brauchen.«

»Könnte gehen. Wie sind ...«

Wieder unterbrach er mich. »Das können wir später bereden. Ich möchte zuerst sehen, ob Sie zum Team passen.«

»Klar. Wo und wann?«

»Heute abend, neunzehn Uhr, Loch neunzehn?«

»Klingt nach Golfclub.«

Er nannte den Namen eines Golf-and-Country-Clubs am Westrand des Kölner Speckgürtels.

»Das finde ich. Soll ich etwas mitbringen? Papiere?«

»Meinen Sie, wenn ich nicht wüßte, daß Sie anständig ausgeschieden sind, hätte ich Sie angerufen? Bis später dann.« Ohne weitere Geräusche der Sorte Höflich beendete er das Gespräch.

Ich kramte meinen einzigen Anzug hervor, den ich zuletzt vor Jahren anläßlich einer Beerdigung getragen hatte. Er paßte noch, und nach längerem Suchen fand ich in einem

Wandschrank ein Bügeleisen, zu dessen Bedienung man nicht zuerst zehn Seiten miserabel übersetztes Elektronikjapanisch bewältigen mußte. Eine mittelblaue Krawatte lieh ich mir aus den Beständen des Hausherrn.

Ich fuhr mit etwas mehr Zeit als nötig los und parkte den schäbigen Fiesta zwischen allerlei Edelkutschen und protzigen SUVs vor dem Hauptgebäude des Clubs. Ein dezent geschminkter Bursche mit Perle im linken Ohr verwies mich auf das Stichwort Abromeit an einen Mann des Typs Muskeltier, dessen einziger Schmuck aus einem Funkclip hinter dem Ohr bestand. Es war ebenfalls das linke. Er bat mich in einen Durchgang, wo er mich abtastete.

»Nichts für ungut«, sagte er dabei. »Muß sein. Ich nehme an, du bist der Neue?«

»Demnächst«, sagte ich. »Vielleicht. Hängt ja nicht nur von mir ab.«

Er nickte und brachte mich zur nächsten Tür, wo er mich einem ähnlich gebauten Kollegen übergab mit der Bemerkung, ich sei das Päckchen für Herrn Abromeit.

Ich weiß nicht, wie viele Säle der Club hatte; dieser hier war so groß, daß die etwa fünfzig Leute ihre gewohnheitsmäßig ausgefahrenen Ellenbogen nicht anlegen mußten. Vierzig Männer – Herren, pardon – und zehn Damen standen, lehnten und schlenderten durch den Raum und über die zum Grün hin abfallende Terrasse. Etwa die Hälfte der Gentlemen trug den dunkelgrünen Clubblazer mit Wappen – leuchtend orange – über der linken Brust, die übrigen waren entweder keine Mitglieder oder sahen das mit dem *esprit de corps* nicht so eng.

Der Sicherheitsmann geleitete mich zu zwei wohlfrisierten, jungen Damen in Hosenanzügen und einem Blazerträger mittleren Alters mit schütterem Blondhaar und beißend graublauen Augen, die uns entgegenstarrten.

»Was gibt's, Kaufmann?«

»Bodo Bongartz, Herr Abromeit.«

Abromeit nickte. Mit einer knappen Bewegung der Hand, die er mir dann zur knappen Begrüßung reichte, entließ er den Wächter. Mit einem weiteren knappen Nicken entschuldigte er sich bei den Damen – ein besseres Wort als dies allzu höfliche »entschuldigen« fällt mir nicht ein.

»Tummeln Sie sich einfach«, sagte er. »Getränke gibt's da drüben.«

»Danke sehr; ich bediene mich.«

»Ich nehme an, Sie wissen, worum es mir geht.«

»Aye-aye, Sir.«

Er hob die Brauen. »Muß nicht sein. Sie hören von mir. Sie können ja ein wenig mit den Kollegen reden. Bis demnächst.«

Ein weiteres karges Nicken, dann ging er zu einer Gruppe von Leuten, die offensichtlich einen älteren Herrn in leichtem Sommeranzug umstand. »Hofierte« wäre vielleicht zu stark. Ich schob die linke Hand in die Hosentasche, schlenderte betont lässig zum Buffet und nahm mir dort ein Glas Sprudel.

Mir war klar, was Abromeit wollte – sehen, ob ich mich in dieser Gesellschaft einigermaßen bewegen konnte. Wenn ich irgendwann für die Sicherheit solcher Personen zuständig sein sollte, mußte ich unter ihnen unauffällig bleiben. Zu ihnen passen, wie eben geschulte Domestiken zu ihren Herrschaften passen. Was er über mich ansonsten wissen wollte, hatte er längst in Erfahrung gebracht.

Einige der Leute kamen mir irgendwie bekannt vor. Wenn ich mich nicht irrte, waren keine Promis der A-Klasse dabei, sondern die wichtigeren der Klassen B, C und D, die den Galionsfiguren das Händeschütteln und die telegenen Auftritte überlassen, während sie im Hintergrund das Denken und die eigentliche Arbeit erledigen. Wahrscheinlich hatte ich das eine oder andere Gesicht auf Bildern gesehen: eine Delegation, ein Besuch, ein Empfang, wo sie und ihresgleichen sich im Hintergrund halten, um dem Minister, der nicht einmal ein Fünfzigstel dessen bezieht, was sie bekommen, nicht die nebensächliche Schau zu stehlen.

Auf der Terrasse gab es ein paar Stehtische mit Aschbechern; ich trug mein Glas dorthin und drehte mir eine Zigarette. Dabei sortierte ich, ohne auffällig zu starren, die Anwesenden in die Klassen B, C, D und Zubehör ein. Schwergewicht innerhalb der B-Klasse schien mir der ältere Herr im Sommeranzug zu sein, der sich eben angeregt mit einem Orientalen unterhielt. Einer von beiden hatte wohl einen Scherz gemacht, denn die Umstehenden lachten. Pflichtschuldig? Ich konnte es nicht beurteilen; vielleicht war der Witz ja tatsächlich gut gewesen.

Plötzlich tauchte neben mir der Gorilla auf, der mich vorhin im Durchgang abgetastet hatte. Er bewegte seine Muskelmassen leichtfüßig, eher wie ein Tänzer denn wie ein Athlet. »Bongartz, eh?« sagte er. »Ich bin Hegel.« Dabei grinste er.

»Tut mir leid; hoffentlich nicht auch noch Fritz?«

»Nee, aber Vornamen gibt's hier sowieso nicht.«

»Okay. Sonst noch was, was nicht geht?«

Er blickte auf die Zigarette in meiner Hand. »Qualmen. Mögen die Chefs nicht. Außer manchmal, wenn sie selbst 'ne Havanna lutschen.«

»Sag mal, wer ist der mit dem Leinenanzug?«

Hegel mußte sich nicht umdrehen; er wußte, wen ich meinte. »Das ist der Oberchef. Herr Seidler.«

»Kommt mir so vor, als ob ich den schon mal irgendwo gesehen hätte. Zeitung oder Fernsehen.«

»Kann sein. Ist meistens dabei, wenn die Kanzlerin nach Peking oder Washington oder sonst wohin reist. Wann fängst du an?«

Ich zuckte mit den Schultern. »Weiß ich noch nicht. Erstens nicht, ob; das entscheidet Abromeit, nehm ich an. Und zweitens bin ich die nächsten paar Wochen noch beschäftigt.«

Er betrachtete seine manikürten Nägel. Vielleicht zählte er auch die schwarzen Haare auf dem Handrücken. Dann blickte er mich an. Seine Augen waren vollkommen ausdruckslos. »Abromeit hat mir gerade signalisiert, daß wir mehr oder weniger fertig sind. Du kannst gehen; er wird sich melden. Oder einer von uns, in seinem Auftrag.«

»Geht das bei ihm immer so schnell? Kandidaten inspizieren?«

»Für dich hat er sich mehr Zeit genommen als sonst üblich.«

»Na denn.« Ich nickte ihm zu. »Vielleicht sehen wir uns demnächst.«

»Wahrscheinlich. Findest du allein raus?«

»Kein Problem.«

Auf dem Weg zum Ausgang fand ich mich hinter dem schlanken, drahtigen Orientalen, mit dem Seidler länger geredet hatte. Offenbar wollte er zu den Toiletten. Als er den Arm hob, um die mit *Gentlemen* markierte Tür zu öffnen, sah ich die Umrisse eines Schulterhalfters unter seiner Jacke und fragte mich, wer er sein mochte. Zu den Sicherheitsleuten gehörte er wohl nicht; er hatte sich nicht wie einer der Domestiken bewegt. Die sicher nicht nur mich abgetastet hatten.

Für den Heimweg vom Supermarkt benutzte ich etliche Umwege, um sicherzugehen, daß mir niemand folgte, und ließ den Wagen schließlich auf dem kleinen Parkplatz am Wald, wo wahrscheinlich Matzbachs alter Citroën gestanden hatte.

Kann sein, daß ich übertrieben vorsichtig war. Die glaubwürdigste Erklärung scheint mir zu sein, daß ich gewissermaßen automatisch in »Kampfmodus« geraten war. Ein

Mann, der aus irgendeinem zentralasiatischen Land stammte und im Golfclub, wo alle anderen abgetastet worden waren, eine Waffe tragen durfte. Der heute auf einem Parkplatz aufgetaucht war. Ein alter Kamerad, dessen Leiche ich in einer afghanischen Höhle verscharrt wähnte, sein Auftauchen, die dadurch ausgelösten Erinnerungen, sein Plaudern mit dem Asiaten ... Dazu die Frage, ob er jener Oswin sein konnte, von dem Coralie gesagt hatte, er sei mal ein netter Mann gewesen – aber wie viele Oswins sollte es denn plötzlich an der Erft geben?

Ich war eben dabei, die Einkäufe wegzuräumen, als Coralie auftauchte. Sie gähnte, war vom Schlaf etwas verquollen und wollte nach der flüchtigen Reinigung vor dem Schlummer nun gründlich duschen, Staub und Mörtel abwaschen und dadurch vielleicht Erinnerungen freispülen. Ich verzichtete darauf, blöde Bemerkungen über Erinnerungen zu machen, die man besser verschüttet lassen sollte, und fragte, ob sie nach dem Duschen noch einen Kaffee haben wollte. Sie nickte und verschwand, und ich tränkte und fütterte die Maschine.

Der Rest des Tages und der Abend waren ereignislos, abgesehen von Coralies Redseligkeit.

»Machen Sie sich nichts daraus«, sagte sie irgendwann; vielleicht hatte ich durch Miene oder Gesten Verblüffung oder Überdruß bekundet. »In schottischen Schlössern soll es ja Poltergeister geben, und in irgendwelchen Vulkanschluchten der Eifel werden eben Plappergeister ausgebrütet.«

»Sind Sie so einer?«

»Mindestens anderthalb. Müssen wir uns eigentlich siezen?«

»Das können wir tun oder lassen, wie es uns beliebt.«

»Mir beliebt es, BoBo zu duzen. Wenn BoBo nichts dagegen hat.«

»Hat er nicht.«

Sie schob den Teller mit Käserinden und Brotkrümeln weiter auf den Küchentisch und hob das Weinglas. »Na dann.«

Ich stieß mit ihr an, trank ein eher symbolisches Schlückchen, stellte das Glas weg und drehte die nächste Zigarette.

»Nicht sehr gesprächig, oder? Kann ich auch eine haben?«

Ich gab ihr die fertige Zigarette. »Bist du sicher, daß du rauchst? Erinnerst du dich?«

Sie gab sich selbst Feuer, zog an der Zigarette, hustete fürchterlich und gab sie mir zurück. »Keine Erinnerung, aber jetzt bin ich sicher, daß ich nicht rauche.«

»Ist dir denn inzwischen irgendwas eingefallen?«

»Nee.« Sie runzelte die Stirn und rieb sich mit einem Finger die Nasenspitze. »Ich weiß, ich bin krankgeschrieben, weiß aber nicht, warum. Ich weiß, ich war bei diesem Haus, aber nicht, wie ich da hingekommen bin. Und da gab es Nebel und diesen Oswin, aber auch von dem weiß ich nicht mehr.« Sie seufzte. »Blöd, solche Löcher.«

»Nicht zwingen«, sagte ich. »Früher oder später kommt alles wieder zurück.«

»Wenn ich nur sicher sein könnte, daß ich das will, was dann zurückkommt.« Sie gähnte, rieb sich die Augen und stand auf. »Ich bin schon wieder müde. Bestimmt nicht sehr höflich, aber nimm's mir nicht übel.«

»Tu ich nicht. Stört's dich, wenn ich im Salon gleich noch ein bißchen den Fernseher anmache?«

»Nee, nee, kein Problem, wenn's nicht zu laut ist.« Sie ging zum Wohnzimmer, blieb aber in der Tür noch einmal stehen. »Ich schlaf nicht ohne Buch ein«, sagte sie über die Schulter. »Im Wohnzimmer gibt's ein Regal; kann ich mir da was nehmen?«

»Wenn du was findest.«

Ich weiß nicht mehr, was ich gesehen habe, vermutlich eine der zahlreichen DVDs des Hauses; die Gedankenaale in der Reuse meiner Erinnerungen wanden und zwirbelten sich. Als ich später in mein Zimmer ging, neben dem von Coralie, sah ich, daß ihre Tür wieder nur angelehnt war, und durch den Spalt hörte ich sie ruhig atmen.

4. Kapitel

Jemand rüttelte an meiner Schulter, als ich gerade wieder die Videobotschaft betrachtete und dabei zusah, wie die bärtigen Männer sich mit Hamids Genitalien beschäftigten. Ich blinzelte ins Licht und stützte mich auf die Ellenbogen.

Coralie saß auf meiner Bettkante. »Du hast geschrien«, sagte sie. »›Nein, aufhören‹, so was.«

»Kann vorkommen.« Meiner Armbanduhr zufolge war es kurz vor vier. »Tut mir leid, daß ich dich damit geweckt hab. Aber ... danke.«

Sie deutete auf meine rechte Schulter, an der sie gerüttelt hatte. »Die Narben«, sagte sie. »Schlimme Träume. Tür halb offen. Und Licht. Alles Afghanistan?«

»Du scheinst aber auch nicht besonders fest zu schlafen.«

»Irgendwer ruft im Traum nach mir, bis mein Name keine Bedeutung mehr hat. Dann wach ich auf und frag mich, wer Coralie ist.«

»Eine aufgeweckte Weckerin.«

»Ha.« Sie kicherte. »Daß einige lila Zicken eine Anrufbeantworterin haben, wußte ich – aber eine Weckerin? Kraß.«

»Rutsch bitte mal beiseite.«

Sie machte Platz, so daß ich aufstehen und ins Bad gehen konnte. Danach tranken wir im Stehen jeder ein halbes Glas Wein in der Küche. Ich weiß nicht, wie schnell Coralie wieder eingeschlafen ist; ich lag noch mindestens eine Stunde wach.

Gegen neun Uhr warf ich die Kaffeemaschine wieder an und ging duschen. Als ich in die Küche kam, briet Coralie Spiegeleier.

»Darf ich? Willst du auch welche?«

»Ja, gern, zwei. Laß dich mal ansehen.«

Sie hatte ihr Sweatshirt abgeklopft oder ausgeschlagen; nun drehte sie sich zu mir und grinste dabei leicht. »Die Kommentare kenn ich schon alle«, sagte sie. »Falls es um die Reklame geht.«

Am Vortag hatte ich unter all dem Staub nichts lesen können. Nun sah ich die Umrisse des alten Mucha-Posters und den Schriftzug *Bières de la Meuse*.

»*Très charmant, Mademoiselle.*«

»Ich hab ja sonst nichts anzuziehen dabei.«

»Doof, ja. Ich kann nicht einfach so an die Klamotten des Hauses gehen, aber ich könnte dir ein Hemd oder so was von mir leihen. Zu groß, aber immerhin.«

Sie hob den Arm und schnüffelte an ihrer Achsel. »Na ja, geht gerade noch. Irgendwann komm ich ja wieder nach Hause.«

»Weißt du inzwischen, wie du hergekommen bist?«

Sie schob die Unterlippe vor. »Laß uns erst frühstücken, ja?«

»Und der Plappergeist?«

»Hat Hunger und Kaffeedurst.«

Der von den Untiefen der Eifel ausgespuckte, redselige Kobold ließ sich offenbar schnell sättigen. Ich hatte kaum die Hälfte meiner beiden mit Spiegeleier belegten Brotscheiben bewältigt, als Coralie zu reden begann. Ungefähr so. Ich hab's ein bißchen sortiert; *stream of consciousness* und ähnlicher Kram haben mich schon im Unterricht und beim Lesen gelangweilt.

»Irgendwann diese Nacht ist mir alles eingefallen. Also, nicht alles, aber einiges. Schieb mir mal den Kaffee rüber. Danke. Ich bin überhaupt nicht krankgeschrieben; keine Ahnung, woher die Schnapsidee kommt. Nee, wir haben ja

Sommerferien; deswegen keine Schule. Eigentlich hätt ich wegfahren wollen, bin dann aber zu Haus geblieben. Nix Dolles, nebenbei, bloß so 'ne kleine Wohnung in Nideggen, nicht weit von der Schule.

Die Coralie? Also, ganz früher, kurz nach dem Mittelalter, haben wir, nee, unsere Vorfahren, die haben ja noch richtig Französisch gehabt in der Schule und in Frankreich Deutsch, und mein Vater hat mal 'nen Austausch gemacht; heut fahren die Gören ja alle nach Amerika. Jedenfalls hat er da in 'ner Familie gewohnt, und da gab's 'ne Tochter, die hieß Coralie, die hat er wohl nett gefunden, oder wenigstens den Namen, und da haben meine Eltern mich dann später so genannt.

Wenn ich 'nen Bruder gehabt hätte? Keine Ahnung, ich glaub, der Junge, mit dem mein Vater damals den Austausch gemacht hat, hieß Gustave; ich glaub aber nicht, daß mein Bruder Gustav geheißen hätte.

Vielleicht plapper ich ja deswegen so viel. Einzelkind. Alles, was sonst drei oder vier Kinder an Lärm gemacht hätten, hatt ich ja allein zu produzieren. Irgendwer muß doch die Luft mit Geräuschen anreichern, sonst kann man's nicht aushalten. Oder? Kannst du lange schweigen? Nicht nur, wenn ich grad red? Na ja, kannst du wahrscheinlich; besonders redselig bist du ja nicht.

Also Oswin. Den kenn ich von früher. Wir sind beide in Schleiden aufgewachsen, selbe Schule, bloß ich hab das Abi mit Ach und Krach hingekriegt, er hat's geschmissen und ist dann zum Bund. Wie du, nehm ich an, ja? Was bist du gewesen, eh du raus bist? Hauptfeldwebel? Ohne Abi is nix mit Offizier, oder? Aber bleiben wir bei Oswin. Wir waren mal zusammen, paar Monate. Hat mir 'nen Maibaum aufgestellt, damals, und ein anderer hat den nachts abgebaut, in vier

Teile zersägt; wie das bei den Jungs eben so ist. Ich glaub, dann haben sie sich geprügelt und später zusammen gesoffen; ist, glaub ich, auch normal, oder?

Aber ... da ist immer noch ein Loch. Ich weiß überhaupt nicht, wo Oswin jetzt so plötzlich herkommt und was ich hier mache. Ich geh gleich noch mal draußen nachgucken, ob ich nicht doch was verloren hab. Ich mein, kein Ausweis, kein Geld, kein Handy, bloß die paar Schlüssel in der Hosentasche.

Ja, klar, hier; hatt ich die dir noch nicht gezeigt? Ich nehm an, das da ist mein Hausschlüssel. Wohnungsschlüssel. Briefkasten. Und der hier, klar, steht VW drauf. Aber ich weiß nicht, was für 'nen VW ich hab. Ob ich überhaupt 'nen Wagen hab. Und wo der sein könnte. Ich weiß ja nicht mal, ob ich Make-up benutze, wenn ich welches hab. Scheiße. Ob das alles irgendwann wiederkommt?«

Sie redete und redete. Sie war nett anzusehen dabei, mit ihren sprühend grünen Augen unter dem roten Schopf, mit dem ovalen Gesicht und den lebendigen Lippen. Sie hatte kurze, unlackierte Nägel, und so ohne Gepäck war gar nicht festzustellen, was sie sonst noch an Utensilien brauchte oder an Dingen besaß, aus denen man auf ihre Lebensumstände hätte schließen können.

Ich lieh ihr meine Zahnpasta, und in einem Schränkchen im Bad fanden sich mehrere noch verpackte Zahnbürsten. Während sie sich fertigmachte, räumte ich die Küche auf und fragte mich, ob ich ihr alles glauben konnte. Die rätselhaften Erinnerungslücken ... Vielleicht wollte sie mir nicht mehr sagen. Andererseits hatte die Ärztin ja behauptet, so etwas könne vorkommen, und ich erinnerte mich an Kameraden mit solchen Lücken, die sich nach und nach wieder aufgefüllt hatten.

Ich half ihr, im Garten nach möglicherweise verlorenen Gegenständen zu suchen, aber weder dort noch auf dem schmalen Weg am Feldrand hinter den Gärten war etwas zu finden. Gereon, der vielleicht hätte suchen helfen können, war nirgendwo zu sehen.

»Vielleicht sollten wir uns einfach ins Auto setzen und durch die Gegend fahren«, sagte ich, als wir wieder in der Küche standen.

»Parkplätze abklappern?« Sie schob die Unterlippe vor.

»So ähnlich. Kann ja sein, daß irgendwo ein Passat oder Polo oder so rumsteht, mit ... was hat Nideggen für ein Kennzeichen?«

»Uh. Düren. Dee enn.« Sie schloß die Augen, öffnete sie wieder und schüttelte den Kopf. »Da war grad was. So, als ob ich mich an eine Autonummer erinnern könnte. Ist aber wieder weg.«

»Kommt vielleicht, wenn du den Wagen siehst.«

Also fuhren wir los. Das Dorf – »Siedlung« wäre wohl das bessere Wort – war angelegt wie ein großes H. Ich hütete ein Haus im unteren Teil des linken senkrechten Strichs; das demolierte Gebäude des anderen abwesenden Juristen war das letzte oben links. Es war mit dem üblichen Streifenband abgesperrt; zwei große Kombis ohne besondere Kennzeichnung standen davor, und durch die geschwärzten Fensterhöhlen sahen wir ein paar Gestalten in hellen Schutzanzügen, vermutlich Leute von der Spurensicherung.

Links – westlich – von diesem senkrechten Strich lagen das Feld, dessen Rand Coralie entlanggetaumelt sein mußte, und in einiger Entfernung von uns und voneinander zwei Bauernhöfe. Nach Nordwesten streunte ein unbefestigter Weg zwischen weiteren Feldern zu einem Wäldchen; eines der Felder war abgeerntet, auf dem anderen stand der Mais so hoch, daß er den Horizont samt Vorder- und Hintergrund bildete.

Um zur eigentlichen Straße zu kommen, die das Kaff mit der Welt verband, mußte man den Querstrich des H passieren und dann den rechten senkrechten Strich, die zweite »Hauptstraße«, nach Norden nehmen.

Ich wollte am Feldrand wenden, als Coralie meinen Arm berührte. »Fahr doch mal auf den Feldweg«, sagte sie. »Kommt mir irgendwie so vor, als wär das richtig. Aber frag nicht wieso.«

»Sehr wohl, Mylady.« Ich ignorierte das Schild, das den Feldweg für alles außer landwirtschaftlichem Verkehr und Anliegern sperrte. Aus dem mehr als mannshohen Mais zur Rechten mochte jederzeit ein Tiger, aus den Stoppeln links eine Anakonda auftauchen, vorzugsweise mit Kelle.

Bis zum Wäldchen war es fast ein Kilometer. Der Weg streifte die ersten Bäume und bog dann nach halbrechts, schätzungsweise Norden. In der Biegung öffnete sich links eine Art Holzweg.

»Da drin«, sagte Coralie. »Ich glaube, da steht irgendwo mein Auto.«

Ich mußte ein bißchen kurbeln, um größeren Löchern und herumliegenden Ästen auszuweichen. Wir passierten einen Baum mit Leiter und Hochsitz, einen Brennholzstapel, einen Langholzstapel, dann sahen wir durch ein Gebüsch etwas wie Metall schimmern, und dort stand ein älterer Polo.

»Was um Himmels willen hat dich hierher gebracht? Gab's keine anderen Parkplätze?« sagte ich.

Coralie hob die Schultern. »Wenn ich das wüßte!« Sie stieg aus, ging zu dem abgestellten Wagen, probierte ihren Schlüssel, öffnete die Tür, bückte sich, langte hinein und hielt dann mit einem halb triumphierenden, halb erleichterten Lächeln eine Beuteltasche hoch.

Ich stieg ebenfalls aus und ging zu ihr. »Na, herzlichen Glückwunsch«, sagte ich. »Scheint deins zu sein, wie?«

»Ist meins, ja.«

»Und jetzt?«

Sie warf die Beuteltasche auf den Beifahrersitz. »Jetzt geht's heim.« Mit einem schrägen Lächeln setzte sie hinzu: »Irgendwie muß ich mich wieder in meinem eigenen Leben einnisten. Erinnerungen sortieren, falls ich mich an irgendwas erinnere.«

»War nett mit dir«, sagte ich. »Paß auf dich auf.«

Sie hauchte mir einen sparsamen Kuß auf die linke Wange. »Danke für die Hilfe, Lebensretter. Ah, Moment.« Sie bückte sich ins Auto und kramte in der Tasche. Dann reichte sie mir eine Karte mit ihrem Namen, der Adresse in Nideggen und ihrer Handynummer. »Falls du mal dringend telefonieren willst und nicht weißt, wen du sonst anrufen sollst.«

»Klar, dann ruf ich dich an. Und wenn dir noch was Interessantes einfällt, laß es mich wissen, ja?«

»Mach ich. Darf ich noch mal vorbeikommen und berichten, wenn ich mich an was erinnere?«

»Jederzeit.«

5. Kapitel

Am Nachmittag sortierte ich meine Optionen, falls man das so nennen kann. In den letzten Monaten hatte ich etliche alte Bekannte angeschrieben oder von einem Callcenter aus angerufen. Manche hatten sich diese antiquierten Behelligungen verbeten und mich auf die Existenz von Blackberry, SMS und E-Mail sowie die Vorzüge von Facebook und Twitter verwiesen, andere legten ganz deutlich keinen Wert auf mich. Was kann ein ehemaliger Hauptfeldwebel schon tun, der seine »Übergangsgebührnisse« weitgehend aufgebraucht hat? Vielleicht hätte ich des Vaterlands Angebote annehmen sollen, mich irgendwie zu qualifizieren, aber es war nichts Passendes dabeigewesen. Im Moment hatte ich ein bis zum Jahresende versichertes, altes Auto, etwas mehr als tausend Euro, keine Krankenversicherung, ein zu hütendes Dach über dem Kopf und die Aussicht auf weitere dreihundert, sobald der Besitzer des Daches aus dem Urlaub heimkehrte. Und ein Bekannter in Köln, der mir eine schräge Sache vermittelt hatte, schuldete mir dafür noch drei Tausender.

Es ging mir also gut. Sicherheit ist Langeweile, Langeweile ist doof, doof ist schlecht. So ähnlich. Mitte September wartete möglicherweise ein weiteres Haus darauf, für zwei Hunderter pro Woche drei Wochen lang gehütet zu werden. Danach? Wachmann, Werkssicherheit, Boote schrubben in einem sardischen Yachthafen, Reisebegleiter (Geleitschutz) für Safarigruppen in Kenia – und wenn ich den Schritt von unregelmäßigen Besuchen in einem Internetcafé zu einem sehr billigen, extrem gebrauchten Laptop machte, fände ich im Netz wahrscheinlich noch ein paar andere hinreißende Möglichkeiten dieser Art.

Irgendwie rechnete ich nicht damit, von Abromeit zu hören. Sollte er sich doch noch melden und mir einen Job anbieten, hätte ich ein Problem. Na ja, schlimmstenfalls ein kleines; die Sache mit dem nächsten Haus war nur eine lockere Verabredung, noch nicht wirklich festgemacht.

Ich fragte mich eben, warum jemand in diesem Schlummerkaff sein Haus hüten lassen wollte. Was konnte denn schon passieren? Das Domizil von Dr. jur. Alfried Möller war bereits mein zweites hier; das erste – vielleicht fünfzig Meter Luftlinie entfernt – hatte ich nur dank längerer Besuche bei Mick und Helga in der *Furt* überstanden. Und demnächst das dritte. Ich versuchte auszurechnen, wie lange ich bei drei Wochen je Haus brauchen würde, um jede Hütte dieser Siedlung kennenzulernen. Und jeden Hausbesitzer.

Die Türklingel erlöste mich von sinnlosen Matheaufgaben; der Retter, den ich mit Vergnügen einließ, war Matzbach. Irgendwie war ich nicht überrascht, als er das Angebot »Kaffee?« annahm; er machte auf mich nicht den Eindruck, ein folgsamer Patient zu sein, und schließlich war ich ja nicht der Hüter seiner Gesundheit. Ich wies ihn auf die Terrasse und beschickte die Kaffeemaschine.

»Sieht wie eine Reihe lukrativer Jobs aus, was?« sagte er mit einem Blick auf meine Zettel, die er beiseite geschoben hatte, um auf dem Terrassentisch Platz für Kaffee und Zubehör zu schaffen.

»Diskretion gehört nicht zu Ihren Vorlieben, oder?«

Er schnaubte. »Was wollen Sie denn? Knete oder Knigge?«

»Inwiefern Knete?«

Er kratzte sich den Kopf. »Ich glaube, wir sollten ein bißchen plaudern. Wo steckt die junge Dame?«

»Hat ihr Auto samt Papieren gefunden und ist nach Hause gefahren.«

»Höre ich ein gewisses Bedauern?«

»Sie ist ganz nett«, sagte ich. »Aber.«

Er nickte. »Eben. Aber.«

»Worüber wollen Sie denn mit mir plaudern?«

»Ach, warten wir, bis der Kaffee fertig ist.«

Wir warteten, bis ich eingegossen hatte; dann warteten wir, bis ich mir einen kleinen Vorrat an Zigaretten gedreht hatte. »Und jetzt?«

Er trank einen Schluck, schmatzte und seufzte. »Ich könnte ein bißchen Hilfe gebrauchen.«

»Wobei?«

»Mein Fleisch ist um und um wurmig und kotig«, sagte er; »meine Haut ist verschrumpft und zunichte worden.«

Ich lachte. »O weh. Hiob, oder?«

»Sie sind ja beinahe bibelfest.«

»Sie brauchen aber keine Hilfe beim Lesen, oder?«

»Nee, das geht schon noch. Stichwort Hiob.«

»Ich nehme an, Sie beklagen Ihr Alter und gewisse, na ja, Schwächen.«

»Ganz recht. Und dieser würdelose Zustand behindert mich. Genauer gesagt, er hindert mich daran, bestimmte Dinge so zu tun, wie ich sie tun möchte.«

Ich wartete, aber er sprach nicht weiter, sondern starrte in seinen Kaffeebecher.

»Hören Sie«, sagte ich, »es wäre vielleicht einfacher, wenn Sie mir einfach sagen, was anliegt. Wenn Sie das nämlich in Form von Ratespielen machen wollen, steige ich aus. Ehe ich eingestiegen bin.«

Matzbach grinste flüchtig. »Sie wissen vermutlich, daß ich mich hin und wieder kriminell betätigt habe.«

»Kriminell oder kriminalistisch?«

»Der Unterschied ist nominell. Jedenfalls was mich betrifft. Ich habe etwas zu, sagen wir, sortieren, und mich befällt eine gewisse Skepsis hinsichtlich meiner Möglichkeiten, dies sinnvoll zu tun.«

»Okay. Sie wollen mich für irgendwas anheuern. Im Moment bin ich dazu angeheuert, dieses Haus zu hüten. Und alles andere müßte damit vereinbar sein. Worum geht es, und was bieten Sie?«

Er rümpfte die Nase und schwieg einen Moment. Dann sagte er: »Einen Tausender und Spesen, falls welche anfallen. Und worum es geht, kann ich Ihnen erst sagen, wenn Sie sich ... verpflichtet haben.«

»Ist das, was Sie vorhaben, legal? Illegal? Scheißegal? Gefährlich? Interessant?«

»Nette Auswahl.« Er trank einen weiteren Schluck und musterte mich, als wäre ich ein unbekanntes, aber nicht besonders interessantes Insekt, das ihm in den Kaffee gefallen war. »Sagen wir mal so: Es ist wahrscheinlich interessant, möglicherweise nicht ganz ungefährlich und schlimmstenfalls nicht ganz legal.«

»Hab ich mir fast gedacht. Ein bißchen mehr müßte ich aber schon wissen. Daß Sie allerdings nicht aus reinem Vergnügen an der Landschaft Bonn verlassen haben und hier herumschlurfen, überrascht mich nicht so sehr.«

Matzbach stöhnte. »Ich habe Bonn verlassen, weil die zuständigen Leute sich nach Kräften bemühen, die Stadt unbewohnbar zu machen.«

»Weshalb Sie immer noch da wohnen, oder?«

»Bis alsbald. Ich habe eine Kate gemietet.«

»Kate? Kotten? Hier?«

»Einen Kotten, um in härener Kutte mein Gemüt zu keltern. Wie hieß es über Baron Fircks? *Er zog sich zurück auf sei-*

ner Väter Latifundien und degenerierte dort prächtig. Sind nicht meiner Väter Latifundien, aber das mit dem Degenerieren ist zu erwägen.«

»Ich kenne Ihren Baron da nicht. Also – Kotten. Wo?«

»Nicht weit von hier. Im Wald.«

Ich überlegte. Ich bin kein großer Spaziergänger, hatte aber immerhin ein paar kleinere Runden gedreht. »Da gibt's diese olle Bruchbude«, sagte ich. »Vom Parkplatz aus rein und dann links, nicht weit von dem Tümpel?«

Matzbach nickte.

»Und den haben Sie gemietet? So unbewohnbar wie das Ding kann Bonn doch gar nicht werden.«

Er zog die Brauen zusammen und starrte mich finster an. »Haben Sie eine Ahnung! Aber darum geht es gar nicht.«

»Na schön.« Ich lehnte mich zurück und zündete die nächste Zigarette an. Ich bildete mir ein, in Baltasar Matzbachs Augen Gier und Entsagung zu sehen. »Also, Ihr Kotten. Was wollen Sie da wirklich?«

»Zum Beispiel sehen, was Ihr Kamerad Oswin so treibt.«

Ich glaube, ich habe ihn zunächst nur angestarrt; die Mitteilung mußte ich verdauen. »Was ist mit Oswin?« sagte ich dann, wahrscheinlich eher matt als fordernd.

Matzbach blickte an mir vorbei in den Garten. »Tja.«

»Was heißt tja?«

»Wollen wir ein bißchen tauschen?«

»Ich hab nichts zu tauschen.«

»Ah ah ah. Sie wissen doch viel mehr über ihn als ich.«

»Woher wissen Sie überhaupt, daß er ein alter Kamerad ist?«

»Ach, hören Sie, halten Sie mich nicht für dümmer, als Sie selbst erscheinen wollen. Sie waren bei der gleichen Einheit; das ist nun wirklich nicht schwer rauszukriegen. Sie beide haben im selben Wagen gesessen, in einem Konvoi, der unter Beschuß geraten ist. Hinterher waren Sie lange verletzt und sind dann ausgeschieden, und er ist verschwunden.«

»Ja, Sir«, sagte ich. »Sehr wohl, mein Führer. Und? Mehr weiß ich nicht.«

»Kann es sein, daß Sie ein bißchen schwindeln? Ich meine, Sie haben Ihre Gesichtszüge gut unter Kontrolle, aber als Coralie von einem Oswin erzählt hat, im Zusammenhang mit dem demolierten Haus da vorn ...«

»Na schön.« Ich gab mir einen Ruck. »Spielt ohnehin keine Rolle. Ja, Oswin ist aufgetaucht. Ich weiß aber überhaupt nicht, was er hier sucht.«

Matzbach lächelte. »Sehen Sie? Es geht ja doch. Manchmal muß man ein bißchen drücken, wenn man aufs Töpfchen gesetzt wird.«

»Sitz ich da?«

»Weiß ich nicht. Ich weiß auch nicht, warum Sie nicht über Oswin reden wollen.« Er beugte sich vor. »Bloß sollten Sie sich klarmachen, daß verbissene Diskretion unsere Zusammenarbeit beenden wird, ehe sie überhaupt angefangen hat.«

»Seh ich ein. Lassen Sie mich einen Moment nachdenken.«

»Eine kluge Frau – oder war es ein Zwitter? – hat mal gesagt, man könne aus Versehen glücklich werden und aus Dummheit klug, aber nicht durch Denken gescheit.«

»Trotzdem.«

Matzbach lehnte sich zurück und verschränkte die Hände hinter dem Kopf. Er starrte auf etwas in der Luft; wahrscheinlich sah er im Geiste einen über mir kreisenden Geier. Pleitegeier.

Ich dachte an den Beschuß des Konvois. An Hamid, unseren Dolmetscher, der mit im Wagen gesessen hatte und Tage danach von einem Besuch bei seiner Familie nicht zurückkam; an Dinge, die ich erst später erfuhr, weil ich nach ein paar Tagen im Lazarett ausgeflogen wurde. Es gab eine Botschaft im Netz, ein langes Video, von Hamids Folterung; es gab die Mitteilung, so werde es allen ergehen, die mit den gottlosen Imperialisten zusammenarbeiteten.

Dann sagte ich mir, daß es keinen Grund gab, Matzbach nichts davon zu erzählen. Also berichtete ich, knapp, und sagte schließlich: »Und Oswin war angeblich mit Hamid bei dessen Leuten und ist dann verschwunden. Niemand wußte was. Das heißt, vielleicht hätte jemand was wissen können, aber ich konnte ja keinen fragen, im Lazarett und danach in Koblenz. Und jetzt bin ich draußen, meine zwölf Jahre waren sowieso um, ich hatte keine Lust mehr. Und« – ich räusperte mich – »mit Oswin bin ich demnächst verabredet.«

Matzbach schwieg. Er schien durch mich hindurchzublicken oder etwas zu suchen, das ich nicht sehen oder auch nur ahnen konnte.

»Was haben Sie denn mit ihm zu schaffen?« sagte ich.

»Hmpf«, sagte er.

»Sehr aufschlußreich.«

»Nicht wahr? Irgendwo hab ich mal gelesen, ›hallo‹ sei ein hilfreiches Wort. Bei mir hilft es nicht. ›Hmpf‹ hilft auch nicht, aber es macht sich gut.«

»Ah ja.«

Er grinste plötzlich. »Ich glaube, es ist an der Zeit, die Tugend und den Gehorsam fahren zu lassen. Ich bin gleich wieder da.« Er stand auf und ging ins Haus.

Ich schaute und lauschte hinter ihm her. Er schien die Haustür zu öffnen – ich spürte einen leichten Luftzug –, aber nicht zu schließen, und bis er zurückkam, vergingen etwa fünf Minuten, in denen ich über dies und das nachdachte.

Mit einem Seufzer – es war eher ein frohlockendes Ächzen – ließ er sich wieder am Tisch nieder. Vor sich setzte er ein Zigarrenkistchen.

»Was wird das?« sagte ich.

»Eine Möglichkeit, die Qualität eines Problems zu beschreiben, na ja, sagen wir, oberflächlich zu erwägen, zu, eh, ermessen, hat Sherlock Holmes uns hinterlassen. Es gibt solche, zu deren Erörterung eine Pfeife zu rauchen ist, und es gibt Zwei-Pfeifen-Probleme, sogar Drei-Pfeifen-Probleme. Ich glaube, wir haben es gerade mit einem Ein-Zigarillo-Problem zu tun.«

»Wenn ich das richtig sehe, haben Ihnen die Ärzte alles mögliche verboten, oder?«

»Alkohol«, knurrte er. »Kaffee. Tabak. Fleisch. Seit dem ersten Kaffee gestern, hier, hab ich zum ersten Mal seit langem keine Kopfschmerzen; der zweite« – er wies auf den halbleeren Becher –»hat meinen Gedanken zu einer gewissen Flüssigkeit verholfen.«

Ich grinste. »Und diese Stäbchen da?«

Er nahm einen Zigarrenschneider – eine Art Taschen-Guillotine – und einen Zigarillo aus dem Kästchen. »Das hier sind leichte Sumatras. Frühstücksstäbchen gewissermaßen. Mal sehen, was sie für mein Befinden tun.«

»Warum haben Ihnen die Ärzte denn all das verboten?«

Er kniff die Augen zu Schlitzen. »Also, um das zu erörtern, müßten wir eine gewisse Änderung vornehmen.«

»Was für eine Änderung? Stühle tauschen? Bäumchen wechseln?«

Er schnaubte. »Sagen Sie mir, ob Sie grundsätzlich bereit sind, mitzuspielen.«

Ich holte tief Luft. »Ich weiß doch überhaupt nicht, wobei. Aber ... na schön, ich mach mit.«

»Einfach so?«

»Sagen wir, um mich nicht zu langweilen.«

Matzbach lächelte. »Das ist doch mal ein ordentlicher Grund. Gut; dann kommen wir zur Änderung, die nötig ist, um die Frage nach den Ärzten zu beantworten. Dazu müßten wir nämlich dies höfliche Siezen lassen.«

»Von mir aus. Müssen wir dazu anstoßen – Baltasar?«

»Müssen wir nicht – BoBo.«

»Okay. Erledigt. Also, was haben die Ärzte dir warum verboten?«

Er grinste. »Das geht dich einen feuchten Kehricht an.«

»Müssen wir uns duzen, damit du mir das sagen kannst?«

»Müssen wir. Ich bin im Grunde ein höflicher Mensch, und deshalb wäre es ungebührlich, ›das geht *Sie* einen Scheißdreck an‹ zu sagen.«

»Seh ich ein. Mehr Kaffee?«

»O bitte ja. Und leih mir doch mal dein Feuerzeug.«

Ich schob es ihm hin, und während ich Kaffee nachgoß, sah ich zu, wie er den Zigarillo anzündete, einen kleinen Mundvoll Rauch zu sich nahm, die Augen schloß und dann mit einem Seufzer den Rauch wieder ausstieß.

»Was willst du von Oswin?« sagte ich.

Er öffnete die Augen und blickte beinahe verklärt. »Im Moment nichts. Ich warte auf den Kick.«

»Junkie.«

»Sowieso.« Er sog abermals am Zigarillo. Dann blinzelte er heftig. »Gut. Besser. Also. Viel kann ich dir nicht sagen. Noch nicht. Ein alter Bekannter, der Oswin ... na ja, er ist mit ihm verwandt; den genauen Grad der Verwandtschaft brauchen wir ja nicht, oder? Jedenfalls, er hat gehört, daß Oswin irgendwo gesehen worden sein soll. Angeblich hat er sogar mit jemandem aus den alten Kreisen Kontakt gehabt, ob zufällig oder gezielt, weiß ich nicht. Und da hat er mich gebeten, mich hier und da umzuschauen, ob ich mehr herausbekommen kann.«

»Bißchen dünn.«

»Für opulente Lügen kennen wir uns noch nicht gut genug.«

»Warum machst du das?«

»Ich schulde ihm noch was, von früher.«

Ich überlegte einen Moment. »Jemand hat Oswin also hier in der Nähe gesehen? Oder etwas über ihn gehört? Sonst wärst du ja kaum in diese verlassene Gegend gekommen. Ich meine, wer kommt denn freiwillig in dieses Schlummerkaff, das morgens alle ganz schnell verlassen, weil woanders mehr los ist? Jobs, zum Beispiel?«

Baltasar betrachtete den Glutkegel des Zigarillo. »Es gibt da zwei oder drei Dinge«, sagte er langsam. »Aber das ist alles sehr unklar. Wischiwaschi, gewissermaßen. Wo und wann bist du mit diesem Oswin verabredet?«

»Willst du etwa mit?«

»Ah, nein; vielleicht würde ich ihn ja verschrecken. Oder er schließt Maul und Klüsen, wenn er mich sieht.«

»Schlösse er. Was hast du vor?«

Er langte in die Innentasche der leichten Jacke, die er über den Stuhl gelegt hatte. »Hier.«

Ich betrachtete das Handy, das er mir zuschob. »Was soll ich damit?«

»Tja, was? Im Kaffee rühren? Fliegen zerquetschen? Man könnte auch damit telefonieren. Ein kleines Prepaid-Dings. Unter BM hab ich die Nummer des Geschwists gespeichert, das an meinem Busen rastet. Rostet. Wer, der, bekanntlich.«

Ich nahm das Gerät in die Hand.

Matzbach wühlte in einer anderen Jackentasche und förderte das zugehörige Ladegerät zutage. »Hier«, sagte er.

»Da. Ja. Und jetzt?«

»Nix.« Er nuckelte an seinem Zigarillo. »Das Leben ist schon viel ersprießlicher als vorgestern«, sagte er dann.

»Freut mich. Ich hoffe, es geht dir schlechter als morgen. Aber was wird das, wenn's fertig ist?«

»Ich muß noch zwei oder drei Dinge erledigen. In Erfahrung bringen.« Er stand auf. »Heute abend weiß ich wahrscheinlich mehr und kann dir dann mehr sagen. Wann trefft ihr euch? Wo?«

»Am Donnerstag abend. Acht, halb neun. In der Kneipe an der Furt.«

»Bei Mick und Helga?« Er klang beinahe erfreut.

»Kennst du den Laden?«

»Natürlich.« Er schnalzte. »Als du noch an Windeln gelutscht hast, bin ich manchmal bei denen gewesen.«

»Ich hab nie an Windeln gelutscht.«

»Ha. Du ahnst ja nicht, was dir entgangen ist.«

»Moment noch«, sagte ich, als er die Jacke vom Stuhl nahm und sich zum Haus wandte.

»Ja, was denn?«

»Also, ich helfe dir, ohne das Haus zu vernachlässigen. Und auf keinen Fall liefere ich einen alten Kumpel ans Messer.«

Matzbach zog die Jacke an. Sie war ihm einige Nummern zu groß. »Wer redet von Messer? Im Gegenteil. Ich habe vor, ihn vor Messern zu bewahren.«

»Na schön. Wann geht's weiter?«

Er runzelte die Stirn. »Ah. Gute Frage. Donnerstag abend. Ich ...« Er zupfte an seinem Polohemd, das ebenfalls zu groß war. »Wie du siehst, hat man mich vermindert. Die Kraft ist nicht mehr mit mir.«

Ich lachte. »Okay, also als Jedi taugst du nicht. Und?«

»Ich werde am Donnerstag ... hm.« Er schien zu überlegen. Dann knurrte er etwas Unverständliches und sagte: »Gegenüber von der Kneipe, auf diesem Erftufer. Irgendwo gibt's da Gebüsch. Gesträuch, Gestrüpp. Da werd ich drin stecken. Oder dahinter, je nachdem. Und zusehen, was ihr so macht. Ich nehm an, bei dem Wetter schlotzt ihr euer Bier auf der Terrasse am Strom, wie?«

»Sollten wir?«

»O ja bitte sehr aber doch, sonst seh ich ja nix.«

»Was willst du sehen?«

Er hob die Schultern. »Zum Beispiel, ob euch jemand beobachtet.«

6. Kapitel

Abends ging ich mit einer Flasche Wein aus Möllers Beständen – es war vereinbart, daß ich mich aus dem linken der beiden Weinregale bedienen durfte; im rechten lagen die teureren Tropfen – durch den Garten und am Feld entlang zu Gereon. Das Gartenhäuschen, in dem er zur Zeit wohnte, gehörte zum Haus neben dem zerstörten des Juristen Arndt. Der Besitzer hatte Gereon umfangreiche Gartenarbeiten aufgetragen, ehe er in Ferien fuhr, und hatte ihn außerdem mehr oder minder gebeten, solange das Gartenhaus zu nutzen und auf Heim und Besitz zu achten. In dem Kabuff, von Gereon »Wigwam« geheißen, gab es Strom und Wasser, Klo und Dusche, Herd und Kühlschrank; wahrscheinlich hatte es einmal als Gästequartier gedient.

»Na, halbwegs erholt von Sonntag?« sagte ich.

»O Mann.« Er verdrehte die Augen. »Einer von den Schnäpsen muß ziemlich schlecht gewesen sein. Moment.« Er ging zum Radio – Fernsehen gab es nicht, kein Mangel bei der Qualität der Programme – und stellte es leiser. Er hatte Deutschlandfunk gehört, einen der letzten Sender für Erwachsene; dort kommentierte gerade eine kluge Journalistin den Brandanschlag des Tages, bei dem in der Nähe von Grevenbroich (sie sagte sogar »...broooch«, nicht »...breuch«) ein Asylant aus Afghanistan ums Leben gekommen war.

»Grevenbroooch«, sagte Gereon; er schob mir einen Korkenzieher und Gläser hin. »Trooosdorf. Rooosdorf. Komisch, daß das so wenige wissen. Die Dame hat's immerhin drauf. Wahrscheinlich kann sie sogar anständig Sooost und Straaalen und Cooosfeld sagen.«

»Ich höre, dir geht's besser.« Ich goß uns ein, legte mein Tabakpäckchen auf den Tisch und schnorrte eine von seinen Roth-Händle. »Du kannst ja fast wieder zetern.«

»Ich hab doch gar nicht ...«

»Das war so was wie positives Zetern.«

»Gibt's das?«

Ich nickte zum Radio. »Offenbar sind jetzt Afghanen dran; vor Jahren waren's Türken. Hat sich schon irgendwer dazu bekannt?«

Gereon schnaubte. »Bekennen! Auch so'n blödes Wort. Aber – nee, nicht daß ich wüßte. Wie sind die denn eigentlich so?«

»Wer? Afghanen?«

»Ja. Du bist doch da gewesen.«

»Fast immer im Camp«, sagte ich. »So richtig Kontakt mit der normalen Bevölkerung hatten wir kaum. Die paar, die ich kennengelernt hab, waren eigentlich ...« Ich zögerte. »Anders«, sagte ich dann. »Wie wir, bloß anders.«

Er lachte. »Jeder Jeck is anders. Wat zählt is, dat wir alle wissen, dat wir jeck sin.«

»Darauf trink ich. Prost.«

Da uns die Gründe zum Trinken nicht ausgingen, holte ich später noch eine zweite Flasche. Aber wir blieben furchtbar nüchtern; kein Vergleich mit dem vergangenen Sonntagabend.

Am Mittwoch hatte ich mehrere seltsame Gelüste. Seltsam nicht grundsätzlich, aber doch für mich in meiner Situation. Zuerst fuhr ich vor dem Frühstück nach Erftstadt, um ein paar richtige Zeitungen und bei einem Bäcker richtiges Brot und Brötchen zu kaufen. Beim Frühstück las ich mehr über den Anschlag; ein Leitartikel erörterte sorgenvoll die Zukunft jener Afghanen, die mit den Alliierten zusammenarbeiteten und nach einem Abzug des Westens wohl Probleme bekämen, falls die Taliban dann an die Macht gelangten. Man müsste dann sicherlich viele Visa ausstellen, aber ob die zuständigen Leute damit wohl schnell genug bei der Hand wären?

Nach dem Frühstück rang ich ein paar Momente mit dem zweiten der Gelüste; schließlich raffte ich mich auf und rief Coralie an. Sie war gerade dabei, nach Düren aufzubrechen, um dort irgend etwas Amtliches zu erledigen.

»Wir sollten uns aber noch mal unterhalten«, sagte sie plötzlich. »Mir ist was eingefallen. Und zwar ...«

»Stop. Sollen wir uns in Düren treffen? Vielleicht wär's besser, komplizierte Dinge nicht am Telefon zu bereden.«

Sie kicherte. »Ist gar nicht so kompliziert, aber ... warum nicht?«

Zwei Stunden später saßen wir bei Pizza und Barbera, und ich lauschte dem, was der Plappergeist aus der Eifel über die vergangenen beiden Tage zu berichten hatte. Ich lauschte gern, fand die Stimme angenehm und stellte fest, daß sie einen schönen und auf interessante Weise beweglichen Mund hatte, bei dessen Betrachtung ich an ganz andere Beweglichkeiten dachte.

»Aber das wollte ich dir ja alles gar nicht erzählen«, sagte sie.

»Mach ruhig weiter; ich hör gern zu.«

»Ach, mein Geplapper. Aber manchmal hab ich das Gefühl, das ist so was wie ein Ventil, und wenn ich nicht reden kann, dann würde ich platzen.«

»Bitte nicht hier; der arme Keller muß das dann alles aufwischen.«

»Ah ah ah. Kein Mitleid mit mir, bloß mit ihm, was? Aber was ich eigentlich sagen wollte ...« Sie beugte sich vor;

irgendwie wirkte sie mit einem Mal verlegen. »Ich weiß jetzt wieder, wie ich in dein komisches Kaff gekommen bin.«

»Laß hören.«

Sie sprach ganz leise; dabei schaute sie auf den Tisch, auf ihr Glas, auf ihre Hände, aber nicht in meine Augen. »Ich hab dir doch erzählt, daß ich mal mit Oswin zusammen war, ja? Zwölf, dreizehn Jahre her. Noch mehr. Also, Freitag bin ich zu 'ner Freundin nach Lüttich gefahren, die hatt ich länger nicht gesehen, und aber jetzt plapper ich schon wieder. Reiß dich zusammen, Schneider. Auf der Rückfahrt am Sonntagmorgen will ich in Belgien noch schnell tanken, an der Autobahn, und da steht plötzlich einer neben mir und sagt: ›Ist das etwa Coralie?‹ Ich hab zweimal hingucken müssen, bis ich Oswin erkenn. Und dann das Übliche – woher, wohin, was machst du so. Er hatte irgendwas in Brüssel erledigt, keine Ahnung was, wollt er irgendwie nicht drüber reden, und fragt, wo ich jetzt wohn und was ich mach, und ich sag Lehrerin und Nideggen, und er sagt, daß er da ewig nicht mehr gewesen ist, und wie's da jetzt so aussieht. Und da hab ich gesagt, komm doch einfach noch auf 'nen Kaffee mit, nach all der Zeit, und er ist mitgekommen und wir haben geredet, und irgendwie war alles wie damals, aber dann doch anders, na ja, und dann gab's noch 'nen Kaffee und dann spätes Bauernfrühstück mit ein, zwei Glas Wein, und irgendwann sind wir im Bett gelandet, Scheiße, wollt ich dir eigentlich gar nicht erzählen, weil, und jedenfalls war's nicht wie früher, nicht ... nett, weißt du, früher haben wir dabei immer viel gekichert, und jetzt war er beinah *zu* ernst, irgendwie ganz anders, und auch bei der Wiederholung nachts wird er nicht lockerer, und Montag ganz früh sagt er dann, ob ich ihm 'nen Gefallen tun könnt, er müßte bei 'nem bestimmten Haus was nachsehn, aber dabei nicht gesehn werden, und deshalb, wenn ich Zeit hätt, und er wär mir ja auch ewig dankbar, und ob wir uns vielleicht nächstes Wochenende wiedersehen können und so, also, ob ich mit ihm wo hinfahren kann, und da läßt er sein Auto, und dann soll ich ihn zu diesem Haus bringen, wo er was nachsehen muß, und von da kommt er zu Fuß oder mit Bus oder so weg, und ich kann direkt wieder heimfahren. Alles bißchen komisch, aber ich denk, na ja, alte Zeiten und so, alles nicht mehr wie früher, aber gib ihm noch 'ne Chance, vielleicht wird er ja wieder kicheriger, und dann fahren wir also hintereinander her nach Kerpen, furchtbar, dieses Kolonnefahren, und da läßt er den Wagen auf 'nem Parkplatz und steigt bei mir ein und dirigiert mich über Nebenstraßen und paar Feldwege zu dem Wäldchen und steigt aus und sagt danke und tschüß und ich meld mich morgen und geht, und ich bin wie immer zu neugierig, war ich früher auch schon, und fahr den Wagen tiefer in den Wald und geh vorsichtig hinterher, gucken, was er da macht, und weil der Mais so hoch steht, kann ich mich zwischendurch gut verdrücken. Und dann seh ich ihn da vor dem Haus, und er drückt sich so im Garten rum, also, ich kann ihn sehn, aber sonst keiner, so wie die Bäume und Hecken da wachsen, und da schleich ich mich näher ran. Und er ist links im Garten und ich rechts, und dann macht's rums und ich bin bei dir im Garten.«

»Uj«, sagte ich.

Sie blickte mich endlich direkt an, verzog den Mund, griff nach ihrem fast leeren Weinglas und trank es aus.

Ich faßte nach ihrer Hand und hielt sie fest. Sie schien sie aber nicht unbedingt zurückziehen zu wollen.

»Komisch, oder?«

»Und deshalb meinst du, er liegt tot unter den Trümmern?«

»Ja, aber wohl doch nicht, sonst hätten die doch was gefunden und gemeldet.«

»Immerhin weiß ich jetzt, weshalb du gesagt hast, er wär mal nett gewesen. Warum wolltest du mir denn die Sache mit eurer Wiedervereinigung nicht erzählen?«

Sie sah mich an und dann an mir vorbei. »Ach, eben so. Man muß dem einen Mann ja nix vom anderen erzählen.«

»Oh«, sagte ich. »Da krieg ich ja Herzklopfen.«

Sie zog ihre Hand zurück und rümpfte die Nase. »Du bist doof.«

In diesem Moment kam der Kellner mit der Rechnung. Coralie griff nach ihrer Tasche.

»Ich möchte dich gern einladen«, sagte ich.

»Warum?«

»Weil ich doof bin.«

»Na schön.« Sie lachte kurz.

Ich zahlte, dann gingen wir schweigend zu ihrem Auto. Als sie die Tür aufschloß, sagte ich: »Hör mal.«

Sie wandte sich zu mir. »Was denn?«

»Zweierlei. Erstens: Oswin lebt, ich hab ihn gesehen und bin morgen mit ihm verabredet.«

Sie blinzelte schnell. »Ah. Und zweitens?«

»Im Wald, als wir uns verabschiedet haben, hast du mich auf die linke Wange geküßt, und das hat mir sehr gutgetan. Krieg ich heut 'nen Kuß auf die rechte, obwohl ich doof bin?«

Sie lachte, sagte »Nee«, küßte mich auf den Mund, stieg ein und fuhr weg.

Ich schaute hinterher und stellte fest, daß ich tatsächlich Herzklopfen hatte.

7. Kapitel

Als ich kurz vor acht zur *Furt* kam, war es immer noch schwül. Es ging zwar ein kräftiger Wind, aber der hatte etwas von Zuckerwatte. Im Verlauf des Nachmittags hatte sich eine zunächst dünne, dann immer dickere Wolkenschicht gebildet; ich schätzte, daß die Luftfeuchtigkeit bei 80 Prozent lag. In der Nacht sollte es wohl ein Gewitter geben, aber noch war alles ruhig.

Zu ruhig, wie ich feststellte. An der Kneipe hing ein Schild: *Bis Freitag wegen Nichtsnutzigkeit geschlossen.* Ich schwankte zwischen Erheiterung und Mißmut. Donnerstag; zuletzt war ich am Samstag im Lokal gewesen, um mich vom Golfclub zu erholen. Es war dickste Ferienzeit, vermutlich lohnte sich der Betrieb nicht, weil alle, die nicht unbedingt hier sein mußten, sich in der Karibik, auf den Kanaren, Mallorca oder Alpenwiesen aufhielten. Ein paar Tage Nichtsnutzigkeit wollte ich Helga und Mick durchaus gönnen; aber mußte es unbedingt heute sein? Und hätten sie nicht etwas sagen können? Aber vielleicht hatten sie ja am Montag plötzlich beschlossen, einfach so aufzubrechen.

Ich ging um das Lokal herum auf die zugängliche Terrasse, setzte mich auf eine der verwitterten Bänke und drehte eine Zigarette. Dabei betrachtete ich den reißenden Strom, der hier etwa vier Meter breit ist. Der Radwanderweg macht einen Bogen um die Kneipe, die schon am Ufer stand, als er angelegt wurde. Über dem Fluß war die Luft kaum frischer, trotz des Westwinds. Ich mußte mein Feuerzeug gründlich abschirmen, um überhaupt rauchen zu können. Dann fragte ich mich, ob der schwüle Wind die Mücken vom Wasser vertrieben hatte, wie lang sie wohl brauchen würden, um mich zu entdecken, und welche Bedeutung dieser kleine Wasserlauf in früheren Jahrhunderten als Transportverbindung gehabt haben mochte.

Auf dem anderen Ufer ließen Weiden ihre Trauer ins Wasser baumeln. Ich wußte, daß irgendwo dahinter ein Feldweg endete, der zum Südende des Orts führte, und von dort war der Wald zu erreichen, in dem Baltasar seinen Kotten behauste. Beim Gedanken daran mußte ich grinsen. Dann fragte ich mich, ob Mick und Helga nicht auf dem anderen Ufer, jenseits dessen irgendwo das Kaff lag, bessere Umsätze hätten machen können. Aber die Kneipe gab es ja nicht nur länger als den Radweg, sie hatte auch schon da gestanden, ehe die Häuser gebaut wurden. Die meisten Gäste kamen sowieso weiter von Osten, Ausflügler aus Köln und Bonn oder aus den Orten des Vorgebirges. Wer aus unserem bedeutenden Kaff zu Helga und Mick wollte, mußte weiter flußabwärts die Brücke nehmen. Wie ich dies eben getan hatte.

Kein Matzbach zu sehen. Entweder hatte er sich sehr gut versteckt, oder ihm war etwas dazwischengekommen. Wie offenbar auch Oswin; meine Uhr zeigte viertel vor neun, und als ich gerade überlegte, ob ich das Warten einstellen sollte, hörte ich Schritte.

Oswin blieb neben der Terrasse stehen. Er nickte mir zu, schaute über die Erft, flußauf, flußab, als ob er etwas suchte. »Scheint sauber zu sein«, sagte er. »Wieso bist du ...« Er brach ab, fuhr herum, sagte »Scheiße« und zog eine Pistole aus der Jackentasche.

Von der Landstraße her näherte sich hörbar ein Auto, und so, wie es sich anhörte, mußte es über die Lehmpiste rasen.

»Hau ab«, sagte er. »Mich haben sie schon gesehen, aber du ...«

Er lief weg vom Haus, flußaufwärts, wo ein paar Büsche zwischen Radweg und Ufer standen. Ich fluchte lautlos vor mich hin. Ich hatte keine Waffe. Und keine Ahnung, was das hier werden sollte, wer warum gegen wen etwas hatte. Ich steckte das Tabakpäckchen in die Brusttasche und sprang ins Wasser, das nicht sehr tief war, duckte mich bis zur Nase, machte unter Wasser zwei oder drei Schwimmzüge. Dann befand ich mich hinter dem dichten Vorhang aus Trauerweidenzweigen, kroch durch Schlick ans Ufer und versuchte, etwas von dem zu sehen, was auf der anderen Seite geschah.

Oswin kauerte hinter einem Baum neben dem Radweg. Ich hörte den Motor des Wagens, aber er war jetzt fast leise, im Leerlauf. Oswin schoß auf etwas. Jemand stieß einen Schrei aus, vielleicht einen Warnruf. Ich sah zwei Männer, die gebückt im Zickzack zur Erft liefen, einer näher an der Kneipe, der andere jenseits des Radwegs. Sie hatten kleine Handwaffen, aus denen sie im Laufen feuerten. Oswin schoß ebenfalls; er bewegte sich ein wenig nach rechts, um den Mann zu erwischen, der jenseits des Radwegs nicht stürzte, sondern eher zu Boden glitt.

Dann erfolgte ein langer Feuerstoß. Offenbar war mindestens ein dritter Mann in der Nähe des Wagens geblieben, und das, was er zum Schießen benutzte, klang wie etwas, was ich oft genug gehört hatte: eine Kalaschnikow. Ich sah Rinde splittern und aufspritzen, wo Geschosse den Baum trafen.

Oswin zuckte zusammen und warf sich zur anderen Seite, ins Schußfeld des Mannes, der inzwischen neben der Kneipenterrasse kauerte. Die Pistole bellte zwei-, dreimal; Oswin krümmte sich, sackte langsam auf den Radweg und blieb liegen.

Der Mann, der sich jenseits des Radwegs hatte ins Feld fallen lassen, stand auf. Mit der Rechten, in der er immer noch die Waffe hielt, tastete er nach seiner linken Schulter. Er ging zu Oswin, berührte ihn mit dem Fuß und sagte etwas, was ich nicht verstand. Er sprach leise, vielleicht Deutsch, vielleicht eine andere Sprache. Der zweite Mann, der neben der Terrasse gekauert hatte, stand auf und winkte dorthin, wo der Wagen stehen mußte – auf dem kleinen Parkplatz vor der Kneipe.

Ich hörte den Motor lauter werden. Ein grauer Geländewagen – Mercedes – mit belgischem Kennzeichen schob sich neben der Terrasse fast bis ans Ufer. Der Fahrer stieg aus; ich nahm an, daß er vorhin die Kalaschnikow bedient hatte. Dann sah ich im Wagen die Umrisse eines weiteren Mannes, der aber nicht ausstieg; vielleicht reinigte er gerade die Waffe.

Der Mann mit der verletzten Schulter kam langsam zum Auto, steckte seine Pistole ein und öffnete die Heckklappe; den linken Arm hielt er an den Leib gepreßt. Der Fahrer und der andere, der neben der Terrasse gekauert hatte, schleppten Oswin zum Auto, warfen ihn hinein, schlugen die Heckklappe wieder zu. Beide gingen noch einmal dorthin, wo Oswin zusammengebrochen war. Einer hob etwas auf, wahrscheinlich Oswins Waffe, und ging zum Wagen. Der andere sah sich um, kam zur Terrasse, blickte über den Fluß, spuckte aus und wandte sich ab.

Es war der Mann aus Zentralasien, mit dem Seidler im Golfclub und Oswin auf dem Parkplatz des Supermarkts geredet hatten.

Ich wartete, bis der Wagen sich entfernt hatte und nicht mehr zu hören war. Dann kroch ich durch die Büsche zum Feldrand. Ein paar Meter rechts von mir – flußabwärts – sah ich die breite Schnauze von Matzbachs schwarzer DS.

»Ich bin ein bißchen verdreckt«, sagte ich durchs offene Beifahrerfenster.

»Kommt bei Schußwechseln schon mal vor, ist aber das kleinere Übel. Steig ein.«

»Deine Polster ...«

Baltasar knurrte. Dann sagte er: »Weißes Leder, du Trottel, keine Polster. Abwaschbar. Das ist ein Gebrauchsgegenstand, kein Zierstück. Hast du dir die Nummer gemerkt?«

»Von dem GLK? Ja. Belgien.«

Es wurde allmählich dunkel. Matzbach verzichtete darauf, die Scheinwerfer anzuschalten. »Ich glaube«, sagte er, »wir sollten jetzt vorsichtshalber nicht das Haus deines Anwalts anfahren.«

»Meinst du, die wissen ...?«

»Vielleicht ja, vielleicht nein, vielleicht suchen sie nur. Könnte ja sein, daß – wann hast du mit ihm geredet?«

»Montag, auf dem Parkplatz am Supermarkt. Der Mann, der ihn erschossen hat, ist der, mit dem er da geredet hatte.«

»Hm.« Er schien zu grübeln.

Ich zog den Tabak aus der Brusttasche meines durchnäßten Hemds. Der Tabak und die ebenfalls im Kunststoffpäckchen steckenden Blätter waren trocken geblieben. Aber meine Finger zitterten; nachdem ich drei Papierchen zerrissen hatte, gab ich zunächst auf.

»Wohin geht's?« sagte ich schwach.

»Die Kate im Wald.«

Ich nickte. »Krieg ich dieses luxuriöse Domizil vorgeführt?«

»Mindestens.« Er blickte mich von der Seite an, ehe er sich wieder auf den unebenen Weg konzentrierte. Der Wald kam näher. »Zittern ist keine Schande«, sagte Baltasar überraschend sanft. »Hauptsache, du kannst schon wieder dummes Zeug reden. Luxuriöses Domizil, bah.«

»Meinst du, da sucht keiner nach mir? Falls überhaupt?«

Matzbach gluckste. »Und wenn, dann ist da noch ein furchterregender Riese, der prima mit Messern und ähnlichen Utensilien umgehen kann.«

»Ah. Hast du noch mehr Hilfskräfte angeheuert?«

»Nur dich und ihn. Zunächst mal.« Er kurbelte; der Wagen glitt zwischen den Bäumen und einigem Gestrüpp hindurch. Ich konnte die Kate kaum noch sehen, da es hier im Wald schon ziemlich dunkel war. Ich sah aber hinter einem Fenster Licht.

Matzbach fuhr einen Halbkreis, setzte zurück und parkte den Wagen gewissermaßen startbereit neben dem Eingang. Dann schaltete er den Motor aus und zog den Schlüssel ab. »Willkommen an der Pforte des Palasts«, sagte er. »Die Klappbrücke ist heruntergelassen. Ich fürchte nur, neben dem furchtbaren Riesen ist niemand da. Die Burgfräulein haben Ausgang.«

»Der Riese und du, das reicht.« Ich stieg aus.

Die Tür der Kate öffnete sich, und der furchterregende Riese, der uns entgegenkam, war ein Zwerg.

»Zaches – BoBo«, sagte Matzbach. »Und daß alles seine vorgeschriebene Unordnung habe: BoBo – Zaches.«

»Ah, der ist das.« Zaches hatte eine tiefe, satte Stimme; als er mir die Hand schüttelte, fürchtete ich einen Moment, sie würde gleich zerquetscht. Seine Hand war riesig.

»Mann, Sie können aber zulangen!« sagte ich.

Er grinste mich an. »Wenn Sie schon BoBo heißen, müssen wir uns aber nicht siezen, oder?«

»Ich weiß nicht, was das eine mit dem anderen zu tun hat«, sagte Matzbach. »Aber macht das unter euch aus. Rein ins Heim!« Er schob uns vor sich her in die Kate.

»Kein Problem, Zaches. Bloß ein anderes. Ich bin ein bißchen durchnäßt und müßte mal für kleine Mädchen.«

»Da drüben.« Zaches wies auf eine Tür; im Schein der Petroleumlampe sah ich, daß sie mit dem herzigen Herzchen versehen war. »Klo und Bad in einem. Moment.« Er zündete eine kleinere Lampe an und reichte sie mir. »Damit du dich nicht Dunkeln verschiffst.«

Das Bad barg ein Waschbecken, eine Dusche, ein Klo und ein paar Wandbretter, auf denen die üblichen Utensilien standen: Shampooflaschen, Zahnpastatuben, Gläser, Rasierwasser und derlei. Außerdem fand ich auf einem der Bretter einen Stapel Badetücher. Nachdem ich mich entkleidet hatte, erleichterte ich mich; danach rubbelte ich mich trocken und umgab mich mit einem Bademantel, der Matzbachs früheren Maßen entsprach und in dem eine Kleinfamilie hätte wohnen können.

Ich nahm die Lampe und ging zurück in den Wohnraum. »Habt ihr so was wie 'ne Wäscheleine?«

Matzbach stand an einem Eisenherd und rührte abwechselnd in zwei Töpfen. »Mach du das, Zwerg«, sagte er.

»Vertikal geforderte Person«, knurrte Zaches. »Kleinwüchsig. Opfer der wachstumsfeindlichen Schwerkraft. Liliputitan. Komm mit, aber vergiß deine Klamotten nicht.«

Ich holte den Haufen klammer Textilien aus dem Bad und folgte Zaches durch eine weitere Tür auf eine Art Veranda.

»Du wirst tasten müssen, bis sich deine Augen ans Dunkel gewöhnt haben.«

Ich tastete in Kopfhöhe und fand eine nicht besonders straffe Leine; während ich meine Sachen aufhängte, sagte ich: »Und was, wenn nachher ein Gewitter und ein Wolkenbruch kommen?«

»Dann wird alles wenigstens von oben gewaschen.« Zaches keckerte wie ein Eichhörnchen, das jemandem einen Streich gespielt hat. »Komm, gehen wir zu Papa Baltasar, der was Leckeres für uns zusammenrührt.«

»Bist du sicher?«

»Bin ich. Ich hab's nämlich vorbereitet. Er wollte bloß ein bißchen nachwürzen und rühren.«

»Was gibt's?«

»Eintopf, was sonst?«

»Sind aber zwei. Töpfe, mein ich.«

»Ah, im zweiten ist Apfelkompott.«

»Apartes Menu.«

Im Wohnraum brannten inzwischen drei Lampen; eine davon war die, die ich mit ins Bad genommen hatte. »Charmantes Chalet«, sagte ich. »Wasser, aber kein Strom? Eh, wohin fließt das Klo ab?«

»In einen großen Tank, der gelegentlich geleert werden muß.« Matzbach wedelte mit Topflappen. »Und du irrst, was Strom angeht. Gibt's durchaus, muß aber erst wieder angeschaltet werden. Das Gebäude war länger ungenutzt. Die zuständigen Herrschaften haben es uns eigentlich für heute abend verheißen, spätestens morgen vormittag. Setzen.«

Zaches hatte weiße Bohnen, Kartoffeln und Rindfleisch gekocht und im zweiten Topf geschälte Äpfel zu Mus werden lassen. Matzbach hatte, wie er behauptete, alles durch Beigaben von Zimt und Pfeffer ein wenig genießbarer gemacht. Es war sehr genießbar, und dazu tranken wir zimmerwarmes Guinness.

Zaches hob die Brauen, als Baltasar den ersten Schluck nahm. »Du weißt, was die Jungs in Weiß gesagt haben, ja?«

»Die tragen Grün«, knurrte Matzbach. »Schonkost, jawoll, und kein Tabak, Kaffee, Alkohol. Ich will euch was sagen. Lieber wohlfühlen vor dem Tod als ewig darben.«

Neben der Kombination aus Wohnraum und Küche sowie dem Bad gab es zwei Schlafzimmer; im Wohnraum stand außerdem eine rissige, zum Fläzen einladende Ledercouch. Zaches und Matzbach hatten morgens »mannigfaltiges Zubehör« (Matzbach) aus Bonn herbeigeschafft, »zur Ergänzung dessen, was wir schon gestern angeschleppt haben« (Zaches).

Beim Essen erfuhr ich auch, was es über Zaches zu erfahren gab. Ich nahm an, daß er und Matzbach die interessanteren Dinge ausließen und mich nur oberflächlich informierten, aber bereits das Wenige langweilte mich keineswegs.

»Molwanischer Halbzigeuner«, sagte Baltasar.

»Moldawischer, du dicker Teufel«, sagte Zaches.

»Also jedenfalls aus dem maghrebinischen Rezzoriland, und dick bin ich nicht mehr. Noch nicht wieder. Er hat hier, da und dort gearbeitet, unter anderem in einem Puff als Rausschmeißer und in einer schwimmenden Kneipe als Mädchen für alles sowie Frauentröster. Dann ist er zu Fuß durch die halbe Welt gewandert ...«

»Ein bißchen geschwommen bin ich auch«, sagte Zaches. »Wie hätte ich dir sonst von exotischen Inseln Postkarten schicken sollen?«

»Richtig, hättest du nicht sollen. Irgendwann ist er wieder aufs Festland gekommen, und im Moment – das heißt, bis vor ein paar Tagen ...«

Zaches unterbrach ihn. »Das muß der Junge nicht wissen. Das war eine diskrete Mitteilung, nur für deine Öhrchen.«

»Ei ja nun. Also, er hat sich gelangweilt, und als ich ihn frug, ob er was dagegen tun wolle, hat er hurra gesagt. Aber lassen wir das beiseite. Wie diesen Teller.« Er schob Geschirr und Besteck von sich und griff zum Zigarrenkästchen.

Zaches seufzte leise. »Kaffee? Schnaps?« sagte er.

Baltasar schüttelte den Kopf; ich bat um ein weiteres Guinness und griff nach dem Tabakpäckchen.

»Kannst du inzwischen wieder rauchen?« Baltasar stieß eine Qualmwolke aus und musterte mein Gesicht, dann meine Finger.

»Das Zittern hat ein Ende«, sagte ich. »Andere Dinge gehen weiter. Wie stellst du dir den Fortgang der Ereignisse vor?«

»Wir sollten alsbald eine kleine Expedition unternehmen.«

Zaches rieb sich die Hände. »Au fein. Wohin?«

»Zu ihm. Er braucht Klamotten. Dieser Bademantel kleidet dich vorzüglich, mein Junge, aber weit rennen kannst du darin nicht.«

»Wer will schon rennen? Aber natürlich hast du recht. Expedition mit Geleitschutz?«

Während ich im Bad war, hatte Matzbach offenbar Zaches alles berichtet. Oder jedenfalls alles, was er für wichtig hielt.

»Meinst du, ihm droht da was?« sagte der Zwerg mit einem breiten Lächeln.

»Das klingt, als ob du es kaum erwarten kannst, ein bißchen *action* abzukriegen.«

Baltasar warf mir einen Blick zu, der mir, wenn er eine Klinge gewesen wäre, einen bösen Schmiß verpaßt hätte. »Erwarten könntest«, knurrte er. »Nach als ob begehre ich des Konjunktivs.«

»Reden wir nicht über Grammatik.« Zaches streckte ihm die Zunge heraus. »Sondern über gewisse böse Finsterlinge.«

»Ich weiß ja nicht mal, wer die sind«, sagte ich. »Und auch nicht, warum sie Oswin umgebracht haben.«

Matzbach wackelte mit dem Kopf. »Tja. Also, ein bißchen mehr wissen wir schon. Ich überlege nur, wieviel davon man dir erzählen sollte.«

»He, he«, sagte ich. »Immerhin geht's auch um meine Haut, oder?«

»Knopf und Knagen.« Baltasar gluckste. »O schmönze doch dies annzu feste Fneisch. Beziehungsweise o täte es dies nimmer.«

»Egal, ob oder ob nicht – was könnt ihr mir erzählen?«

»Bist du endgültig mit im Boot?«

»So ein kleines Feuerwerk ist ziemlich überzeugend«, sagte ich. »Regt zur Vorsicht an. Ich hab ja keine Ahnung, ob die mich wirklich auf dem Kieker haben, aber wahrscheinlich sollte ich damit rechnen.«

Zaches nickte. »Wer mit dem Schlimmsten rechnet, kann sich zwar schlimm verrechnen, wird aber bestenfalls angenehm überrascht.«

»Schlimmstenfalls.« Matzbach produzierte einen wabernden Rauchring. »Ah, geht ja doch noch. Wohlan denn, BoBo. Oswin hat sich offenbar ein paar Feinde gemacht.«

»Sah so aus.« Dann mußte ich wider Willen lachen. »Daraus, daß jemand erschossen wird, auf Feinde zu schließen – tja, wie soll ich das nennen? Kühner Schluß.«

»Er ist für kühne Schlüsse zuständig.« Zaches wies auf Baltasar. »Und für dies und das sonst noch. Wofür zum Beispiel besonders?«

Matzbach wedelte Rauch weg; es sah aber so aus, als wollte er den Zwerg verwehen. »Kommen wir zur Frage aller Fragen, BoBo. Wenn du mitmachst, solltest du jetzt mal alle Karten offen hinlegen.«

»Hab ich doch längst. Aber du nicht.«

»Ich? Du siehst mich empört. Was hätte ich dir denn verschwiegen?«

»Eigentlich alles.«

Zaches lachte. »Klingt nach viel.«

Ich hob die leere Flasche. Als Matzbach nickte, holte ich mir noch ein zimmerwarmes Guinness und goß langsam, damit sich im Glas die cremige Schaumschicht bilden konnte. Dabei sagte ich: »Ziemlich viel.«

»Zum Bleistift?«

»Ich soll auspacken; nicht, daß ich viel auszupacken hätte. Und du hast mir bisher nur dummes Zeug aufgetischt, was deine Interessen an der Sache angeht.«

»Dummes Zeug?« Matzbach grinste. »Es ist immer befriedigend, von klugen Männern durchschaut zu werden. Daß du mein Innenleben so schnell in die zwei treffenden Wörter gießen kannst! Dummes Zeug. Nein, wie wundersam.«

»Also, warum bist du wirklich an Oswin interessiert? Und warum hockt ihr hier in dieser Holzhütte, statt, was weiß ich, in einem Hotel? Oder in deiner Bonner Bude?«

Matzbach inhalierte, atmete aus, hustete und legte den Zigarillo in den Aschbecher. »Ich schulde dir was«, sagte er.

»Mir? Wieso?«

»Als es mir schlecht ging – als ich mühselig und unter der Bürde der aufgezwungenen Enthaltsamkeit schwankend zu dir kam – als ich vor lauter Aus und Ein nicht mehr ein noch aus wußte ...«

»O weh«, sagte Zaches.

»... da hast du mich mit Koffein gelabt und durch Nikotinschnüffeln gestärkt, so daß ich wieder wußte, wo vorn und hinten ist und daß das Leben ohne jene Dinge, aus denen es besteht, nichts wert ist. Bald, hoffe ich, werde ich auch wieder wissen, wo oben und unten ist. Und was dann? Dann nämlich, tja, also dann!«

Zaches blinzelte und sagte: »Abermals o weh.«

»War mir alles ein Vorbeimarsch, Mann. Du kannst diese Schulden begleichen, indem du mir endlich reinen Wein einschenkst.«

Baltasar machte einen Schmollmund. »Immer diese ausgelutschten Redewendungen. Reinen Wein. Pah, ich lasse zu, daß du dir lauteres Guinness einschenkst. Pures Schwarzbier. Hast du bei dem Geballere jemanden erkannt?«

Bei dieser gewissermaßen scharfen Kehre des Gesprächs brauchte ich einen Moment der Konzentration, um nicht aus der Kurve zu fliegen. Mehr als ein mühsames »Häh?« brachte ich nicht zustande.

»Ganz einfach. Du hast hinter den härenen Portieren trauriger Weiden zugesehen, wie jemand deinen alten Kameraden erschießt. Die bösen Jungs waren doch nicht mehr als zehn Meter oder so von dir entfernt. Hatten sie Gesichter?«

»Hatten sie«, sagte ich. »Aber um jemanden zu erkennen, also im Prinzip wiederzuerkennen, muß man ihn zuerst mal gekannt haben. Und ich kenne keinen von denen.«

»Denn alles Wissen ist nur Erinnerung«, murmelte Zaches, »und alles Neue folglich eine Form des Vergessens.«

Matzbach kniff die Augen zu Schlitzen. Im schlappen Licht der Petroleumlampen wirkte sein Gesicht vergilbt. »Würdest du denn einen von denen wiedererkennen?«

»Weiß ich nicht. Warum bist du in dieser Hütte und nicht in Bonn?«

»Weiß ich nicht.«

Zaches patschte auf den Tisch. »So kommen wir nicht weiter, Jungs! Wenn ich das so sagen darf, solltet ihr endlich mal was sagen, statt zu schwafeln.«

Ich gab mir innerlich einen Ruck. »Angenommen, ich hätte einen von den Schützen schon mal woanders gesehen.«

»Aha«, sagte Baltasar. »Wenn das der Fall wäre, könnte ich dir möglicherweise sagen, warum wir in dieser Räuberhöhle weilen.«

»Laßt mich zwei Minuten denken.«

Tatsächlich schwiegen Zaches und Matzbach. Ich glaube, sie haben nicht einmal Grimassen geschnitten. Irgendein dicker Brummer, der um eine Petroleumlampe gekreist war, kroch in den Glaszylinder. Ich sah zu, wie das Tier sich mühte, wieder herauszukommen. Während es krabbelte, mit den Flügeln schlug und immer wieder abrutschte, ging ich im Geiste all das durch, was ich nicht wußte; diese Liste, sagte ich mir, war ergiebiger als die andere, die mit meinen Kenntnissen. Vor allem erwog ich, was Matzbach wissen und vor mir verbergen konnte. Aus welchen Gründen auch immer. Und mich plagte die Frage, ob ich mich auf sein Angebot einlassen oder mir die unmittelbare Zukunft für eine mögliche Offerte von Abromeit und seinen Leuten freihalten sollte.

»Na schön«, sagte ich schließlich. »Zuerst eine kurze Frage, nebenbei gewissermaßen. Wenn ich jetzt die Hose runterlasse ...«

»Ach, bitte nein.« Baltasar wackelte mit den Ohren. »Ob des Fortschreitens meines Alters bin ich ein wenig schreckhaft geworden. Hose runter? Die Anblicke würden mir entweder Neid oder Entsetzen bescheren, und beides wäre jetzt nicht förderlich.«

»Wenn – krieg ich dann auch endlich ein paar Auskünfte?«

»Alles, was du willst, Junge«, sagte Zaches.

»Du hattest was von einem Tausender gesagt.«

Matzbach nickte. »Und Spesen.«

»Das kann je nach der nötigen Zeit und dem Einsatz viel oder wenig sein.«

Baltasar seufzte. »Wer den Pfennig nicht ehrt, kriegt keinen. Ich versichere dir, es wird nicht länger dauern als deine Haushüterei, und es wird dich nicht beim Hüten der Heimstatt des abwesenden Doktors der Jurisprudenz stören. Jedenfalls nicht lange. Es wäre, sagen wir mal, ein intermittierendes Stören.«

»Okay. Die Vorgeschichte aus Afghanistan hab ich ja schon erzählt. Auf der Suche nach irgendwas, womit ich mir den Lebensunterhalt verdienen kann, hab ich mit einem alten

Bekannten geredet, der in Köln und Umgebung tausend Leute kennt. Er hat mir die beiden bisherigen Fälle von Haushüterei beschafft. Vor ein paar Tagen hat mich jemand angerufen und sich auf ihn bezogen.«

»Moment«, sagte Matzbach. »Darf man wissen, wie der Mann mit den tausendfachen Kenntnissen heißt? Vielleicht kenn ich ihn ja auch. Oder ist das diskret zu behandeln?«

»Nöö. Ein Typ namens Schwaderlapp.«

»Der Opus-Dei-Schwaderlapp?« Baltasar rümpfte die Nase.

»Weder noch«, sagte ich.

»Um Vergebung – wieso noch? Weder kann ich ja verstehen, aber ...«

»Also, das ist der ältere Bruder eines alten Kumpels. Heißt Armin Schwaderlapp und hat nichts mit diesem Dominikus zu tun.«

»Woher weißt du das?«

Ich ächzte. »Ohne deine Zwischenfragen kämen wir schneller voran. Ist das denn überhaupt wichtig? Opus Dei und so?«

»Wenn es was mit dem Opus zu tun hätte, würde ich es nur mit ganz spitzen Fingern anfassen«, sagte Matzbach. »Und müßte mir zwischendurch dauernd die Hände waschen.«

»Ich weiß nicht genug über die.« Ich hob die Hand, als Matzbach den Mund öffnete. »Nee, bitte nicht, das kannst du mir später irgendwann mal verklickern. Wenn's dich beruhigt, der gute Armin sieht das offenbar so ähnlich wie du. Hat gesagt, er müßte sich dauernd für den Namen rechtfertigen. Von dem anderen distanzieren.«

»Kein Wunder, in Köln. Was sagt er denn?«

»Wahrscheinlich gibt's gemeinsame Vorfahren; muß aber sehr lange her sein. Er, also Armin, sagt, er will nix zu tun haben mit Leuten, die einer Gehirnwäscherei angehören.

Scientology, Opus, Mun, Salafisten, all dieser Kram. Talibanditen, hat er übrigens gesagt. Das ist das ›weder‹. Das ›noch‹ ist was anderes. Er sagt – ich kann ihn da nur zitieren, selbst weiß ich zu wenig – also, er sagt, der andere Schwaderlapp hat zwar Sympathien fürs Opus, ist aber selbst nicht Mitglied.«

»Nu na, von mir aus. Es mag nun aber genügen, was esoterischen Mummenschanz angeht.« Matzbach schielte auf sein Kistchen, streckte die Hand aus, zog sie zurück, seufzte, gab sich einen sichtbaren Ruck und nahm einen weiteren Zigarillo.

Zaches machte »ts, ts, ts«.

»Wie auch immer«, sagte ich, »Armin hat eine Werbeagentur, das bringt es dann mit sich, daß man viele Leute kennt. Vor ein paar Tagen rief einer an, dem er offenbar von mir erzählt hatte, ein Typ namens Abromeit, der wieder für einen, tja, Kölner Magnaten namens Seidler arbeitet.«

»Ei«, sagte Zaches.

Baltasar schüttelte den Kopf. »Es ist noch zu früh für ›ei‹ und andere verräterische Kommentare dieser Art. Fahren Sie fort, Meister.«

»Sagt euch der was? Seidler?«

»Ein bißchen. Später. Was weiter?«

»Die stellen angeblich eine neue Leibwache für ihn zusammen, für komplizierte Auslandsreisen.« Ich gluckste. »Was immer das sein mag. Dieser Abromeit wollte mich begutachten; deshalb bin ich zu einer Art Cocktailstunde in einen Golfclub gefahren. Dort hat Seidler sich mit einem Asiaten – na ja, Zentralasiaten, keine Schlitzaugen – unterhalten. Keine Ahnung, woher genau. Perser, Afghane, Pakistaner, Inder, irgendwas. Der Mann hatte eine Waffe im Schulterhalfter, gehörte aber nicht zu den Sicherheitsleuten. Und die haben alle anderen abgetastet. Mich auch. Wie kommt einer, der nicht zu ihnen gehört, mit Waffe da rein?«

»Zu irgendwem wird er schon gehören.« Matzbach lächelte. »Im Zweifel zu sich selbst. Und? Was ist mit dem?«

»Als ich Oswin zufällig gesehen hab, auf diesem Supermarktparkplatz, hat er sich mit diesem Typ unterhalten. Ganz, tja, freundlich. Beinahe freundschaftlich. Und der Mann ist derjenige, der Oswin vorhin an der Furt erschossen hat.«

»Bist du ganz sicher?«

»Keine Frage. Ich war höchstens sechs, sieben Meter entfernt.« Ich schilderte den Hergang. »Er hat als letzter geschossen. Stand vorn neben der Kneipe.«

Zaches stand auf, ging zur Spüle, holte aus dem daneben stehenden Karton drei weitere Flaschen und setzte sich wieder. »Kannst du ihn ein bißchen genauer beschreiben?« sagte er.

»Um die Fünfzig. Drahtig. Also schlank, aber kräftig. Etwa eins fünfundsiebzig. Sauber gestutzter, schwarzer Bart. Warum?«

Matzbach räusperte sich. »Von der Sorte gibt's bestimmt ein paar Millionen, aber ...« Er langte in die Tasche seiner Windjacke, die hinter ihm über der Stuhllehne hing, und zog ein paar Fotos heraus. Er behandelte sie wie Spielkarten, als wollte er sie mischen. Bis er das gesuchte Bild gefunden hatte und es mir hinschob. »Der da?« Mit der Fingerspitze tippte er auf eine von vier Gestalten.

Ich betrachtete das Bild. Ein Gruppenbild. Vier Männer in einer eher öden Gegend – Wüste, Felsen, Schotterpiste, ein Jeep, im Hintergrund zwei Kamele. Drei der Männer hatten lange Bärte, der vierte – er trug als einziger europäische Kleidung – schien frisch vom Barbier zu kommen. Er blinzelte, wahrscheinlich gegen die Sonne.

»Das ist er«, sagte ich. »Wer ist das? Woher kommt das Bild? Und wo habt ihr das her?«

»Tja«, sagte Matzbach. »Das ist eine längere Geschichte.«

8. Kapitel

Es dürfte kurz nach zehn gewesen sein, als er das Foto aus der Tasche zog, und bis er – einschließlich gelegentlicher Einwürfe von Zaches – mit der Geschichte fertig war, befanden wir uns längst in der Geisterstunde zwischen zwölf und eins.

Jetzt, da ich dies niederschreibe, weiß ich nicht, ob ich gewisse Unzulänglichkeiten des Gedächtnisses beklagen oder preisen soll. Der erste Teil der Geschichte war interessant und läßt sich einigermaßen zusammenfassen oder rekonstruieren. Der zweite Teil war vollkommen bizarr und verlangte danach, als »Matzbachs maroder Monolog« wiedergegeben zu werden. Dafür bin ich jedoch zweifellos nicht zuständig; auch weiß ich nicht, ob ich etwas hinbekäme, was seine Finten, Windungen, Abschweifungen und Wortspiele einigermaßen wiedergeben oder aus der Erinnerung wiederbeleben könnte. Ich will mich daher auf das beschränken, was ich irgendwie erinnernd verantworten kann.

Der erste Teil, wie gesagt, war nicht so schwierig. Es ging um das Foto und den Mann, der Oswin erschossen hatte.

»Nawazish Haq«, sagte Matzbach. »Wahrscheinlich ul Haq, aber den Artikel läßt er wohl zugunsten seiner europäischen Kontakte weg. Und ehe du fragst, nein, er ist nicht verwandt mit dem früheren pakistanischen Diktator Zia. Soweit ich weiß jedenfalls. Nicht verwandter als dein Armin mit dem anderen Schwaderlapp, sagen wir mal so.«

»Was hat es mit ihm auf sich? Und woher ...«

»Gemach, gemächlich, Gemächt.« Baltasar guillotinierte den Zigarillo, mit dem er bis dahin gefuchtelt hatte, zündete ihn an und rülpste Rauch. »Kommt alles. Nawazish Sahib war mal was Höheres im pakistanischen Geheimdienst. Der zwar ISI heißt, aber nicht besonders *easy* ist.«

»O Mann!« Zaches raufte sich die Haare. »Wie lang gedenkst du das auszudehnen? Soll ich solange einen Nachtspaziergang machen?«

»Nicht zu empfehlen. Es könnte sein, daß sich Füchse und andere Schandbuben herumtreiben, die dich ob deiner Größe für ein Beutetier halten.«

»Ich danke für die Warnung.« Zaches grinste. »Und ich bin begeistert, daß du so sehr um mein Wohl besorgt bist.«

»Ich weise das von mir«, sagte Matzbach. »Wenn dich die Füchse und Marder und Beutelteufel erwischten ... nicht auszudenken, was die in den kommenden Nächten für ein Geheul wegen ihrer Verdauungsprobleme machen würden.«

»Böser, dicker Teufel.«

»Jederzeit gern. Aber weiter. Das ist jetzt alles ein bißchen unklar, aber ungefähr dürfte es stimmen. Nawazish Haq hat sich angeblich vor Jahren von den Amerikanern an- beziehungsweise abwerben lassen und ein paar interessante Mitteilungen über die Verbindungen zwischen ISI und Taliban in den Grenzgebieten zwischen Pakistan und Afghanistan gemacht. Vor ein paar Monaten ist er nach Europa gekommen; angeblich – immer wieder angeblich; das ist alles angeblich, klar? Also, angeblich ist er Teil einer ... sagen wir Sonderaktion der verbündeten Dienste, als wie CIA und MI 6 und BND und so, um hier Dschihadisten zu finden und Anschläge zu verhindern. Er kennt ja genug Leute von früher und weiß, wer die wo ausgebildet hat.«

Da er eine Pause machte, um an seinem Zigarillo zu nuckeln, sagte ich: »Okay, so weit hab ich das verstanden. Aber woher hast du das alles, und wie kommt Oswin ins Spiel?«

»Alles hängt bekanntlich mit allem zusammen; wir kommen gleich zu den inserenten Verknüpfungen. Kann ich fortfahren?«

»Alles klar«, sagte ich.

»Alaska«, murmelte Zaches.

»Eines Tages, nicht lange her, wie ich dir bereits angedeutet habe, kam ein Verwandter von Oswin zu mir. Einer, den ich aus alten Bonner Kneipenzirkeln kenne. Er hat mir die Geschichte von Oswins spurlosem Verschwinden erzählt und dann behauptet, jemand hätte behauptet, ein anderer hätte gesagt, Oswin wäre irgendwo im Großraum Köln-Aachen-Lüttich gesehen worden.«

»Hat der Verwandte einen Namen?«

Matzbach schüttelte den Kopf. »Hat er nicht. Kann auch sein, daß es eineh Verwandteh ist. Oder gar nicht verwandt.«

»Na schön. Ein Unverwandtes.«

Baltasar strahlte. »Ich sehe, mit dir ist notfalls was anzufangen; leichte Unklarheiten begreifst du schon ganz gut. Dieses Unverwandte hat gewisse Kontakte in Merl ...«

»BKA Meckenheim?«

»Pssst. Es, dieses Unverwandte nämlich, hat angefangen, im Nebel herumzustochern, alte Freunde zu belästigen, sinnlos Geld auszugeben, Gefälligkeiten einzufordern. Was man eben so macht. Und es hat herausgekriegt, daß Oswin eigentlich nicht verschwunden ist, sondern verschwunden wurde. Und jetzt gibt es ein paar Leute, die gern wissen würden, ob er für oder gegen bestimmte Truppen arbeitet.«

»Was für Truppen?«

»Tja. Da gibt es wohl Leute, die Angst um ihre Geschäfte haben, wenn nach dem NATO-Abzug die Taliban wieder an die Macht kommen. Und andere, die neue Geschäfte vorbereiten, um dann mit den Taliban gute Umsätze zu machen.

Außerdem gibt es angeblich eine Truppe, die daran arbeitet, bestimmte Unglücksfälle zu verhindern.«

Ich seufzte. »Was für Unglücksfälle?«

»Was passiert demnächst, nach dem Abzug, wenn Afghanistan tatsächlich wieder den Taliban oder anderen Kerlchen ähnlichen Zuschnitts in die Hände fällt – was passiert dann mit Frauen, die lesen und schreiben können? Und mit Leuten wie eurem Hamid? Dolmetscher, Verbindungsleute, Boten, meinetwegen Küchenjungen? All die armen Menschen, die mit uns gottlosen Westlern zusammengearbeitet haben? Kollaborateure ...«

»... werden massakriert«, sagte Zaches. »Wahrscheinlich. Aber das wissen wir alles noch nicht.«

»Okay«, sagte ich. »Dann reden wir doch von etwas, was du wissen müßtest.«

Matzbach zwinkerte. »Ich sammele Bildungslücken. Eigene. Was weiß ich denn schon?«

»Zum Beispiel, was du hier machst. Entschuldige, Zaches, was ihr hier macht. Die Hütte, Bonn, und wieso meinst du, alles hängt mit allem zusammen?«

Hier beginnt nun meine milde Verzweiflung. Es ging ungefähr so:

»Zaches, bring uns noch ein paar Fläschchen. Das wird jetzt eine längere Durststrecke. Was meinst du, wie lange wird es dauern, bis Ossis und Wessis sich einigermaßen vertragen?«

»Keine Ahnung. Hast du einen Vorschlag?«

»Habe ich.«

»Wie lautet der?«

Matzbach legte beide Unterarme auf den Tisch, die Handflächen auf die Platte gedrückt. »Sie werden sich – na ja, wir werden uns beziehungsweise man wird einander nie vertragen. Das ist normal, und das ist gut so.«

Zaches stieß eine Art Hundeknurren aus und verdrehte die Augen. »Nicht diese Litanei schon wieder.«

»Doch, wohl, ja. Wenn du mich nun fragtest, warum das gut so ist ...« Er blickte mich auffordernd an.

»Hiermit frage ich dich.«

»... dann sage ich, warum sollen sich Ossis und Wessis besser vertragen als, zum Bleifisch, Rheinländer und Schwaben? Oder Holsteiner und Bayern? Es gibt einfach Unterschiede. Oder meinst du, vor der Teilung wären Sachsen und Hessen miteinander ausgekommen? Kein Grund, sich heute einfach so zu vertragen. Aber so einfach sollen wir das nicht sehen, sonst könnten wir es ja abhaken und zu den wichtigen Dingen kommen, bei denen die da oben aber nicht gestört werden wollen. Und was die blühenden Landschaften von Happy Hippo Kohl angeht ...«

»Vor meiner Zeit«, sagte ich. »Als die Mauer fiel, war ich zehn.«

Matzbach seufzte. »O ob des abscheulichen Nichtwissens der Nachgeborenen! Nachgeburten! Wie und wo soll ich denn da beginnen? So ohne Voraussetzungen?«

»Vorn, beispielsweise«, sagte Zaches. »Mit ein paar Erläuterungen für armes, unwissendes Publikum.«

»Vorn? Wie öde. Aber ... na gut, vorn. Ich habe eine Theorie. Man könnte sagen, es sei eine vom Typ Verschwörungstheorie.«

»Au fein!« Zaches klatschte und riß die Augen theatralisch auf. »Ich liebe Verschwörungstheorien! Schöneres gibt's nicht, um einen langweiligen Abend zu ...«

»Halt's Maul, du Gnom. Ziel der Verschwörung ist es, uns am Denken zu hindern, indem man uns nach und nach das dazu nötige Wissen entzieht. Und der Zweck dieses Ziels ist es, uns zu einer unbegrenzt manipulierbaren Verfügungsmasse zu machen, die gehorsam tut, was sie gesagt bekommt, ohne je zu stören oder gar aufzumucken.«

»Da bin ich aber gespannt«, sagte ich.

»So spanne dich lieber selbst, denn zur Fremdspannung wie zur Entspannung gibt es keinen Anlaß. Wer oder was fällt euch zur Aufklärung ein, Jungs?«

»Sex«, sagte Zaches.

»Voltaire«, sagte ich.

»Brave Jungs.« Matzbach lächelte beinahe väterlich. »Man packt uns bei den Genitalien und verbietet uns das Denken. Religionen und Herrscher arbeiten da ganz prima zusammen; die Finger der Popen am Gemächt tun uns so weh, daß wir an nichts anderes denken können als an unsere Zipfel, und folgsam leiden wir und zeugen für beide neue Untertanen, statt Papst und König mit Knüppeln totzuschlagen und uns ein bißchen zu amüsieren, ehe Gevatter Tod uns ausknipst.«

»Na ja«, sagte Zaches. »Papst und König ... ist lange her, oder?«

»Sag Pope und Präsident. Emir und Ayatollah. Generalsekretär und Hygieneminister. Egal. Dann haben Naturwissenschaftler wie Galileo uns eine wackere neue Welt errechnet, in der die Religion Privatsache, aber ansonsten nicht mehr wichtig ist, und Geisteswissenschaftler wie Voltaire haben uns das Denken beigebracht. Ich rede natürlich vom Westen, klar, der auch mit Scharlatanen wie Marx und Freud fertiggeworden ist. Der geistliche Griff klammer Klauen um unsere Klöten wurde gelockert, und als die Pille dazukam, war auch die Angst vor den Folgen weg.«

»Was ist mit Aids?« sagte ich.

»Tja.« Baltasar rümpfte die Nase. »Ich will meine Verschwörungstheorie nicht so weit treiben, daß ich Aids zu einer Erfindung der Reaktionäre erkläre; aber es gibt ja in Kreisen der christlichen Taliban in den USA Leute, die es für eine Strafe Gottes halten. Lassen wir das mal beiseite.«

»Matzbach!« sagte Zaches.

»Was denn?«

»Du hast mir das alles schon mal ins Ohr gebrüllt; deshalb weiß ich, wenn du so weitermachst, sind wir übermorgen noch nicht fertig. Mach's kürzer, laß ein paar Zwischenschritte aus. BoBo wird's schon raffen.«

»Meinst du?« Baltasar musterte mich zweifelnd.

»Ich werd mir Mühe geben.«

»Na denn. Großer Gedankensprung. Früher sollten wir brave Untertanen und Schäflein sein; was ist heute die erste Bürgerpflicht? Reibungslos als Rädchen in der Wirtschaft zu funktionieren. Politik, hat ein kluger Mensch gesagt, ist der Spielraum, den die Wirtschaft ihr läßt. Arbeit wird immer effektiver, immer mehr verdichtet; du sollst nicht zwischendurch mit dem Kollegen plaudern, du sollst produzieren. Was wächst schneller, die Produktivität oder die Menge der Zusammenbrüche, *burn-out* genannt, Folge der Verdichtung ohne Plaudern?«

»Keine Ahnung«, sagte ich. »Statistiken fälschen ist nicht meine Sache.«

»Guter Junge. Trotzdem. Als vor ein paar Monaten die Banken zusammenkrachten, haben wir nicht die Bankkunden gerettet und den Banken das irrsinnige Spekulieren verboten – o nein, wir haben die Völker überschuldet und die Banken gerettet, weil der Spielraum, den die Wirtschaft der Politik läßt, so klein geworden ist, daß kein Politiker mehr auf den Gedanken kommt, es ginge auch anders. Und seit Jahrzehnten sind wir Teil eines Experiments, mit dem festgestellt wird, wie man uns am besten manipuliert und wie weit man damit gehen kann. Angst, hat sich gezeigt, ist besonders gut geeignet, um die Leute zu manipulieren.«

»Kannst du das bitte erläutern? Wir werden doch immer älter und gesünder und sicherer – wo ist da die Angst?«

Er starrte mich böse an; fast hätte ich geglaubt, er würde mich beißen. »Immer älter und gesünder, genau, und immer mehr Angst vor Krankheiten und Tod. ›Das wichtigste ist eine gute Versicherung‹, schon mal gehört? Nicht die Freiheit, sondern eine Versicherung! Was, meinst du, wäre passiert, wenn man uns vor ein paar Jahrzehnten das Rauchen verboten hätte?«

Ich hob die Schultern. »Da war ich noch nicht vorhanden. Was denn?«

»Sartre und Co hätten sich Kippen in den Mundwinkel geschoben und zur Revolution aufgerufen, und alle Nichtraucher wären mitmarschiert, weil es ihnen ungeheuerlich erschienen wäre, in dieser Form ins Privat- und Zusammenleben einzugreifen. Das steht dem Staat nicht zu. Aber sie haben uns jahrelang erzählt, wie furchtbar schädlich das alles ist, sie haben Angst erzeugt – obwohl heute weniger Leute rauchen, sterben angeblich mehr daran als früher. Woher wissen die das? Auf dem Totenschein steht ›Tod durch Herzversagen‹; alles andere sind Behauptungen von bezahlten Statistikern, und die Berechnungen nützen dem, der sie bezahlt. Also lassen wir es uns gefallen, daß Raucher nicht im Nebenzimmer, sondern nur hinter einer Luftschleuse qualmen dürfen, Pestkranke in Quarantäne, und daß in ehrwürdigen Londoner Cigar Smokers' Clubs nicht mehr geraucht werden darf – und wenn wir uns das gefallen lassen, dann kann man vermutlich alles mit uns machen. Was sie Nichtraucherschutz nennen, ist tatsächlich ein großes Umerziehungslager. Aber nehmen wir etwas anderes. Was braucht dieses unser Land?«

»Alte Männer? Neue Frauen? Kinderherzen in Aspik?«

»Gefällt mir.« Baltasar lachte leise. »Woher hast du das?«

»Kann mir das nicht selbst eingefallen sein?«

»Mir fällt so etwas ein«, sagte Matzbach ein wenig gespreizt. »Andere zitieren. Sei's drum. Nein, mein Herr, unser Land braucht viele Dinge. Zum Beispiel Politiker, die reden, statt immer nur die gleichen Textbausteine zu verwenden. Zum Beispiel Parteien, die sich mehr um das Gemeinwohl als um die eigenen Belange kümmern. Zum Beispiel weniger Gesetze – ich glaube, ungefähr sechzig Prozent der auf dem Globus ausgeheckten Gesetze werden bei uns verabschiedet.

Ein neues Steuerrecht, für jeden verständlich und ohne hunderttausend Ausnahmen, das wäre was; oder ein neues funktionierendes Gesundheitssystem, nachdem Frau Schmidt und Herr Lauterbach das alte funktionierende demontiert haben, weil es nicht gleich genug war. Und du weißt ja, alle Tiere sind gleich, aber manche ... Das nur nebenbei.«

»Klingt wie ein Zitat«, sagte ich. »Das mit den Tieren. Oder ist das von dir?«

»Ist ein Zitat, müssen wir jetzt aber nicht erörtern. Was könnte das Land sonst noch brauchen? Eine Anweisung an die Industrie, Geräte herzustellen, die aus sind, nicht auf Stand-by, wenn man sie ausschaltet. Könnte einiges an Energie sparen. Aber der Spielraum für die Politik gegenüber der Wirtschaft ist ja so klein geworden ... Nicht zu reden vom Unterschied zwischen Bildung und Ausbildung und davon, daß ohne Geisteswissenschaften keine abendländische Kultur mehr übrig bleibt, die wir gegen irgendwen verteidigen könnten.«

»Ja, ja, Großmutter«, sagte Zaches. »Jetzt müßten eigentlich noch Pisa und Bologna kommen, wie?«

»Pisa nicht.« Baltasar hielt den Zigarillo nicht ganz senkrecht. »Nein, Pisa ist nicht schief genug. Bologna? Weißt du, da du ja lange fort warst, was es damit auf sich hat?«

»Irgendeine Reform, oder? Ein Umbau an den Unis?«

»Könnte man so nennen.« Er deutete mit der Spitze des Zigarillo auf mich; ein Teil des Aschekegels brach ab und verteilte sich auf der Tischplatte. »Die Kindlein sollen schneller mit dem Studium fertig werden, deshalb müssen sie nicht mehr so viel wissen. Und sie sollen nicht so viel Freiheit haben und etwa auf den blöden Gedanken kommen, sich rechts und links ein bißchen umzuschauen. Sie könnten ja glatt merken, daß die neuen Pläne von Analphabeten ausgeheckt wurden. Deshalb Schluß mit akademischer Freiheit und eigener Gestaltung, statt dessen enge Studienpläne, fast wie in der Schule. Also, weniger Inhalt, dafür mehr Methode; man weiß hinterher zwar nichts, kann es aber besser vermitteln. Und man hat uns ja dreißig Jahre lang eingeblasen, daß neben der Wirtschaft Geisteswissenschaften, Sprachen, Kultur, Literatur nichts gelten. Was dazu führt, daß der nächste Voltaire, der uns wieder das Denken beibringen könnte, überhaupt nicht mehr zur Kenntnis genommen wird.«

»Ja«, sagte ich ein bißchen verzweifelt. »Und was hat das jetzt mit dieser Hütte zu tun? Mit Oswin?«

Matzbach hob einen Finger. »Kommt gleich, du wirst schon sehen. Also, was brauchen wir? Neues Steuersystem. Neues Rentensystem. Neues Gesundheitssystem. Vielleicht eine neue Außenpolitik. Bestimmt eine andere Wirtschaftspolitik – wozu sollen wir eigentlich Banken finanzieren? Die sollen *uns* finanzieren! Ach was. Nein, was haben wir statt dessen gekriegt? Eine Rechtschreibreform und ein Rauchverbot. Das heißt, die zuständigen Leute sind allesamt nicht imstande, die nötigen Dinge zu erledigen, und damit man nicht merkt, wie überflüssig sie sind, tun sie unnötige Dinge, und dann sagen sie, seht ihr, wir arbeiten ganz fürchterlich.«

Er schnappte nach Luft, um seine Tirade fortzusetzen; ich nutzte die winzige Pause und sagte: »Oswin! Der Pakistaner! Bonn! Die Hütte in diesem idyllischen Forst!«

»Alles hängt mit allem zusammen. Der Staat ist verschuldet. Die Länder sind verschuldet. Die Städte sind verschuldet. Nehmen wir als Beispiel den Mikrokosmos Bonn. Ein koreanischer Hochstapler mit einer Firma, die so heißt wie ein koreanisches Auto, bietet der Stadt das WCCB an. Was nicht etwa WasserClosettComatöserBanausen heißt, sondern World Conference Center Bonn. Wozu braucht Bonn so etwas? Braucht es nicht, aber man will doch wer sein, und weil das so schön aussieht und mit dem Autonamen maskiert ist, fallen alle darauf rein. Die Oberbürgermeisterin, die Verwaltung, der Stadtrat, die Sparkasse. Der angebliche Investor hat überhaupt kein Geld, Bonn hat einige hundert Millionen in den Sand gesetzt und für das Loch im Etat ein betoniertes Loch in der Stadtästhetik bekommen.«

Ich lachte. »Ich war ja länger nicht in Bonn, aber ... Wo steht das Dings? Und was soll damit passieren?«

»Im ehemaligen Regierungsviertel. Und passieren? Keine Ahnung. Die nächsten Millionen werden im Moment für einen sogenannten Trajektkreisel aus dem Fenster geschmissen, eigentlich ein Verteilerkreis, der aber so groß ist, daß es doch nicht ohne zusätzliche Ampeln geht. Die nächsten zig Millionen, komplett sinnlos, und noch ein paar Millionen drauf, weil hierfür das bis zu diesem Punkt oberirdisch fahrende U-Boot hundertfünfzig Meter früher unter die Erde muß.«

»U-Boot«, sagte Zaches. »Du hast U-Boot gesagt. Meinst du wirklich U-Boot? Straßenboot? Eisbahn?«

»U-Bahn, du Winzling. In Godesberg gibt es den Moltkeplatz; der war bis vor ein paar Jahren häßlich und belebt, jetzt ist er potthäßlich und tot. An diesem Platz liegt ein riesiges Kino, und auf der anderen Seite gibt es jede Menge Einzelhandel. Auf dem Platz gab es knappe hundert Parkplätze und dreimal pro Woche Markt. Dann fanden die rot-grünen Gutmenschen in Düsseldorf, daß das so nicht geht, die Leute sollen nicht mit dem Auto in die Stadt fahren, deswegen müssen die Parkplätze weg. Der Einzelhandel lief Sturm, es gab ein Bürgerbegehren dagegen, alles nutzlos. Das Land Nordrhein-Westfalen ist pleite, gibt aber Geld dazu, um Parkplätze abzuschaffen. Die Stadt ist pleite, die Anwohner wollen das Projekt nicht, aber wenn es Geld aus Düsseldorf gibt, müssen wir ja nur halb soviel Schulden machen und sparen etwas, also wurde der Platz betoniert und am Rand mit Haifischzähnen aus Beton versehen.

Heute scheißen dort Tauben die Fassaden voll, morgens laufen wahnsinnige alte Weiber herum und füttern diese Ungeheuer auch noch, und Gift darf nicht sein, das wäre ja furchtbar, und Falken, ogottogott. Wenn auf dem Platz einfach wieder normal Autos parken könnten, wären die Tauben nicht mehr da.«

»Ts ts ts«, machte Zaches. »Tauben vergiften? Ohne Park? Platz? Geht doch nicht.«

»An einer anderen Stelle«, sagte Baltasar, ohne auf den Einwand zu achten, »fährt ein Bus eine lange Vorortstraße bis zum Ende, und dort hat er früher gewendet und ist zurückgefahren. Heute kann er da nicht mehr wenden, weil vor zwanzig Jahren Pfosten eingerammt wurden, und jetzt ist der Wendekreis zu klein. Deshalb fährt der Bus eine Schleife durch eine Nebenstraße, die aber eigentlich zu eng ist. Deshalb soll jetzt eine weitere Nebenstraße ausgebaut werden, und man will die Kosten auf die Anwohner umlegen, ungefähr achtzigtausend pro Nase. Und warum macht man nicht einfach diese blöden Pfosten weg, damit der Bus dort wieder wenden kann? Tja, angeblich wohnt da ein hohes Tier der Stadtverwaltung, und der mag auf seiner Veranda nicht dauernd von Bussen gestört werden. Deshalb hat er den Platz gemessen und festgestellt, der Durchmesser ist drei Millimeter kleiner als gesetzlich vorgesehen.«

Zaches hatte die Arme auf dem Tisch verschränkt, den Kopf darauf deponiert und schnarchte demonstrativ. Ich drehte mir eine neue Zigarette und sagte: »Kann sein, daß das extreme Fälle von Idiotie sind, aber so was findest du doch überall.«

Baltasar nickte heftig. »Das ist es ja. Es ist schlimm, daß es überall so ist, aber da, wo ich nicht gerade wohne, widert es mich nur theoretisch an. In Bonn dagegen praktisch. Deswegen diese Hütte hier. Und weißt du, warum sie das alles so machen?«

»Du wirst es mir bestimmt gleich sagen.«

»Um uns zu beschäftigen. Wenn wir mal in Ruhe über diesen Irrsinn nachdenken könnten, müßten wir alle zum Knüppel greifen und dieses Pack aus den Amtsstuben prügeln. Stasi in die Produktion, so ähnlich. Und weil alles mit allem zusammenhängt ... Stichwort Rechtschreibverbot.«

»Reform.« Zaches hob den Kopf.

»Verbot«, sagte Matzbach. »Die Sprache gehört eigentlich dem Volk. Vor einem guten Dutzend Jahren hat sich aber eine Hinterzimmerkabale gebildet; beteiligt waren ein paar Verfechter der Theorie, die herrschende Sprache sei die Sprache der Herrschenden – du weißt schon, macht kaputt, was euch kaputtmacht –, und dazu ein paar Idioten mit und ohne Beamtenstatus. Leute, die mit Sprache arbeiten – Journalisten, Schriftsteller, Juristen und derlei – sind nicht gefragt worden, als diese überbezahlten Analphabeten die Sprache für sich beansprucht und neue Regeln erfunden haben. Falsche Etymologien, Widersprüchliches, idiotische neue getrennt« – Pause – »Schreibungen, blödsinnige Kommaregeln. Dann gab's in einem Bundesland ein Volksbegehren, zwei Drittel waren gegen diesen Unfug, aber was weiß schon das Volk, dem die Sprache gehört?«

»Kriegst du die Kurve heute noch?« sagte ich. »Was hat das alles mit Oswin und Mister Nawazish zu tun?«

»Nichts«, sagte er mit einem breiten Grinsen, »und alles. Vergiß nicht das Rauchverbot.«

»Daran werd ich doch dauernd erinnert.«

»Siehst du? Wenn sie uns schon nicht vor dem Bankenterror und dem Kollaps des Gesundheitssystems schützen können, wollen sie uns wenigstens zwingen, ›daß‹ mit ess ess zu schreiben und zwar nicht zu rauchen, aber Tabaksteuer zu bezahlen. Weil ja alles mit allem zusammenhängt. All dieser Murks, den ich aufgezählt hab, ist Teil des großen Experiments, mit dem wir zu gefügigen Rädchen gemacht und am Denken gehindert werden sollen. Und, nicht zu vergessen, die Wirtschaft hat daran bestens verdient. Sie hat viel mehr Spielraum, wie gesagt. Und weil alles mit allem zusammenhängt, bin ich sicher, daß der Antiraucher, der für den Schuß auf Oswin eigentlich zuständig ist, auch den Godesberger Moltkeplatz und die Rechtschreibreform verbrochen hat.«

»Glaubst du das wirklich?«

»Nee.« Er grinste und stand auf. »Willst du hier übernachten oder zurück in deine Hütehütte?«

9. Kapitel

Am nächsten Morgen kam ich später als sonst aus den Federn. Kaum verwunderlich nach den Vorgängen des Abends, sagte ich mir, und vielleicht noch mehr nach Matzbachs kuriosem Gerede. Mit halboffenen Augen stieg ich in den Fiesta und fuhr zur nächsten Tankstelle; irgendwie war mir danach, zum Frühstück Brötchen (wenn schon nicht vom Bäcker, dann wenigstens von der Tankstelle) und den *Express* zu konsumieren.

So kaute ich und las, daß der Anwalt A., dessen Haus Ziel eines Anschlags gewesen war, untergetaucht sei, an seinem Urlaubsort nicht zu finden; die Polizei und die Staatsanwaltschaft, hieß es, hätten ihn schon länger verdächtigt, an der Organisation unsauberer Geschäfte beteiligt zu sein. Man munkele (bei diesem Wort stelle ich mir immer eine faltige Greisin vor, die halblaut durch verkniffene Lippen spricht – eine Munkelmuhme; vielleicht sieht sie auch noch aus wie eine vertrocknete Runkelrübe, und dann wäre sie eine Munkelrunkelmuhme) von Geldwäsche und Rauschgift und Waffenschieberei oder Subventionsbetrug. Möglicherweise sei der Anschlag eine Racheaktion eines unzufriedenen Geschäftspartners oder Konkurrenten oder konkurrierenden Hehlerbande ...

Ich hatte eben zu Ende gefrühstückt und wollte mit dem letzten halben Becher Kaffee in den Garten gehen, um zu sehen, wo sich Gereon gerade herumtrieb. Vielleicht gab er mir ja Anlaß, mit ihm zu munkeln, weiteren Kaffee zu brauen und alle gründlicheren Überlegungen aufzuschieben. Da klingelte es an der Tür. Ich öffnete und sah mich der massiven Polizistin Unger gegenüber.

»Morgen – ich hoffe, ich störe nicht«, sagte sie.

»Kommen Sie rein. Ich wollte gerade etwas ohne jeden Grund tun. Jetzt habe ich einen Grund, den nächsten Kaffee zu machen.«

»Nehm ich gern an, aber nur kurz.«

Als die Kaffeemaschine zu arbeiten begann, setzte ich mich zu Frau Unger an den Küchentisch. Sie hatte einen kleinen Block vor sich gelegt und blätterte darin.

»Sieht wie schlimme Arbeit aus«, sagte ich.

Sie zuckte mit den Schultern. »Muß sein, ist aber nicht weiter wild. Nur noch ein paar Nachfragen.«

»Schießen Sie los.«

»Die anderen – dieser Matzbach und Frau Schneider?«

»Futsch.«

»Inwiefern?«

»Jeweils bei sich zu Hause, nehm ich an.«

»Wissen Sie, ob Frau Schneider noch was eingefallen ist? Ob sich die Lücken ein bißchen aufgefüllt haben?«

»Nein, soviel ich weiß. Oder jedenfalls nicht sehr. Wir sind ein bißchen in der Gegend rumgefahren, und irgendwann hat sie dann ihr Auto gesehen und wiedererkannt. Den Schlüssel hatte sie in der Hosentasche, und im Wagen war ein Beutel mit Papieren und Handy und dem Rest.«

»Haben Sie da was notiert?«

Ich stand auf und ging zum Hängebord neben der Tür, wo meine Tabakreserve und Coralies Karte lagen.

»Danke«, sagte Unger, als ich ihr die Nummer diktiert hatte. »Dann können die Kollegen sie anrufen und sich erkundigen. Und Sie? Ist Ihnen noch was eingefallen?«

»Nichts. Aber darf ich Sie auch was fragen?«

»Fragen Sie, soviel Sie wollen. Mal sehen, ob ich antworten kann. Oder darf.« Sie lächelte, und irgendwie wirkte sie nicht mehr so massig. Vielleicht lag es daran, daß sich beim Lächeln ihre Nase kräuselte, was eine Art Thermik bewirkte – nicht gerade Aufhebung, aber doch Minderung der Schwerkraft. Masseverlust durch Zunahme an Ästhetik? Keine Ahnung; irgend jemand – im Zweifel Matzbach – fände bestimmt eine wohlklingende Erklärung für das Phänomen. Wohlklingend, ohne zu überzeugen.

»Wissen Sie schon irgendwas Neues?«

»Was meinen Sie mit neu?«

»Na ja, irgendwas, was Sie dieser Tage noch nicht gewußt haben.«

Sie blinzelte. »Worüber? Fußball? Wetter? Besoldung?«

»Das Haus des abwesenden Anwalts. Sebastian Arndt, Doktor, und so weiter.«

»Am Montag wußten Sie aber noch nicht, wessen Haus das ist.«

Nun war ich an der Reihe mit Schulterzucken und Lächeln. »Sie wissen doch, wie so was in einem Kaff wie dem hier geht. Man redet auf der Straße.«

»Was wollen Sie denn wissen?«

»Da stehen heute so nette Dinge im *Express*.«

»Märchenstunde«, sagte sie mit einem Zwinkern.

»Also nix dran?«

»Keine Ahnung.«

»Sind Ihre Kollegen schon weiter? Was Ursache und Hergang angeht?«

»Nicht so richtig. Benzin und ein Brandsatz. Ziemlich primitiv, aber wirksam.«

»Hat denn sonst jemand was gesehen? Gehört? Andere Brandanschläge in der Nähe? Vielleicht eine kleine Schießerei?«

Sie schüttelte den Kopf. »Ich glaube, Sie gucken zuviel Krimis.« Sie leerte ihren Kaffeebecher und stand auf.

»Haben Sie's aber heute eilig!«

»Mann, wenn Sie wüßten, was noch alles zu erledigen ist, eh ich ins Wochenende kann. Falls nicht noch was passiert.«

»Was wäre dann?«

Sie blähte die Wangen und ließ Luft mit einem groben Zischen entweichen. »Wochenende gestrichen. Noch ein paar Überstunden mehr.«

»Nach allem, was man so liest, haben Sie davon ja sowieso schon reichlich. Wird das irgendwie mal bezahlt? Abgefeiert?«

»Weder noch. Nicht genug Leute und kein Geld. Okay, danke für den Kaffee. Ich nehme an, ich muß Sie nicht nochmal behelligen.«

»Kein Problem« sagte ich, als ich sie zur Tür geleitete. »Kaffee gibt's bei mir fast immer.«

Gereon machte Lärm. In der vergangenen Nacht hatte sich mindestens ein Wildschwein durch den Zaun des Nachbarn gewühlt und dessen Beete inspiziert. Nun rammte Gereon neue, dickere Pfosten tiefer ein und nagelte Balken statt Latten darauf. Ich sah ihm ein paar Minuten zu; nebenbei betrachtete ich die Hecke, die »meinen« Garten vom Feldrain trennte. Solider, grüner Maschendraht bis zum Boden, davor und dahinter eng gesetzte Buchenschößlinge – inzwischen anderthalb Meter hoch – mit einem gründlichen Über- und Durchzug von Brombeeren.

»Die kommen überall durch«, sagte Gereon. »Aber bei dir wird's länger dauern.«

»Bis dahin ist Möller wieder da; darum kann er sich dann selber kümmern.«

»Aha.« Gereon legte den Hammer auf einen der neuen Pfosten, drückte den Rücken durch und rieb sich die Umgebung der Lendenwirbel. »Das sagst du so. Er wird sich nicht kümmern. Das werd ich dann erledigen dürfen.«

»Du siehst aus, als ob du eine Pause vertragen kannst. Könntest.«

»Mhm. Hast du Kaffee?«

»Immer. Komm.«

Er schnalzte, zwängte sich durch den noch nicht zu Ende reparierten Zaun und kam über den Feldrain durch das Törchen zu mir. Im Gehen rieb er sich wieder die Region über dem Steißbein.

»Bandscheiben?« sagte ich.

»O Mann. Ich sag dir, alt werden ist nichts für Schlaffis.«

»Feiglinge.«

»Heißt das so? Egal.«

»Wie alt bist du eigentlich?«

Er schob einen Stuhl zurecht, so daß er nicht direkt in die Sonne blicken mußte. Mit einem Ächzen setzte er sich. »Schätz mal.«

Ich holte Becher, Kaffee, Milch und Zucker aus der Küche. »Matte sechzig?«

»Schlappe zweiundsechzig.«

Ich schob ihm den Aschbecher hin. »Jahrgang was? Neunundvierzig?«

»Mhm.«

»Na ja, dann kannst du dich wirklich noch an die erste Meisterschaft vom FC erinnern.«

Er blickte von dem Löffel auf, mit dem er Zucker in den Becher schaufelte. »Hast du's mir nicht geglaubt?«

»Dir schon, bloß dem FC nicht.«

Er grinste und zog ein Zigarettenpäckchen aus der Brusttasche. »Kann ich verstehen. Haste mal Feuer?«

Ich reichte ihm das Feuerzeug. »Hast du dieser Tage mehr von dem Durcheinander da vorn mitgekriegt?«

»Nee. Auch nicht mehr als jeder andere hier.«

»Kennst du die Leute? Arndts?«

Er hob kurz die Brauen. »Flüchtig. Rasenmähen und so; die reden nicht viel mit einem.«

»Vornehm?«

»Ach, tun so. So 'n simpler Gärtner. Na ja, Gartenhelfer, was soll man mit dem schon viel reden?«

»Machst du das schon lange?«

»Hier?«

»Nee, überhaupt.«

»Ungefähr ein Jahr.«

»Und vorher?«

»Rat mal.«

Ich betrachtete das kantige Gesicht, die kräftigen Unterarme, das aufgekrempelte Flanellhemd, die schwieligen Hände. »Keine Ahnung«, sagte ich. »Seiltänzer? Koch? Dompteur? Pianist?«

Er lachte. »Nette Auswahl. Nee.« Er machte eine Pause und sah mich ein wenig lauernd an. »Finanzen.«

»Ha? Finanzen? Was denn – Finanzamt? Bank?«

»Finanzen in einer größeren Firma. Finanzierungen, Kredite, alles, was man so nicht braucht. Und bei denen ist man mit fünfundfünfzig schon lange überfällig. Ein Wunder, daß die mich erst mit einundsechzig rausgeschmissen haben.«

»Das heißt, du machst das eher zum Zeitvertreib, ja? Ich nehme an, du hast 'ne brauchbare Abfindung gekriegt. Plus Rücklagen und Rente oder so?«

Er nickte. »Oder so. Ein alter Kumpel hat mich angehauen, ob ich nicht mit ihm zusammen was Eigenes aufmachen will, Anlageberatung; ich hab aber sowieso zu lang am Schreibtisch gesessen.«

»Tja, und der edle Anwalt Doktor Sebastian Arndt meint, mit so 'nem blöden Gartenhiwi braucht er nicht viel zu reden, ja?«

»Ist mir ganz recht. Ich komm ja nicht zum Reden her.«

»Wo stecken die eigentlich? Arndt und seine Gemahlin? Falls er eine hat?«

»Konkubine.« Gereon spitzte den Mund. »Ich glaub, die sind auf den Seychellen. Warum?«

»Ich frag mich, was wen auch immer dazu bringt, dem die Bude abzufackeln. Vor allem, wo er gar nicht da ist.«

Gereon hob die Brauen. »Wie meinst du das?«

»Also, wenn ich mich rächen wollte, würd ich doch die Person angehen, nicht das Haus.«

»Njaaa. Aber vielleicht geht's ja nicht um Rache.«

»Sondern?«

»Ach, was weiß ich denn! Keine Ahnung, was der in seinem, uh, Gewerbe so alles anstellt. Anstellen muß. Vielleicht hat er wen in irgendwas reingeritten, und jetzt ...«

Ich bedachte das. Dann sagte ich: »Kann natürlich sein, daß es nicht mal ums Haus geht.«

»Sondern?«

»Na, vielleicht um Unterlagen. Irgendwas Belastendes. Sagen wir, Arndt weiß was, und jemand anderer will vermeiden, daß Arndt was damit anfängt.«

»Möglich. Bei Anwälten ... Sag mal, wo warst du gestern abend?«

»Spazieren, und hinterher bei Bekannten. Warum?«

»Du hast nicht zufällig was von der Ballerei mitgekriegt?«

»Was für 'ne Ballerei?«

»Irgendwas muß am Fluß los gewesen sein. Ungefähr da, wo die Kneipe steht. Jemand hat geschossen, paar Leute haben's gehört. Ich glaub, irgendwer hat die Polizei gerufen, aber die haben nichts gefunden.«

»Nee, ich weiß von nichts. Hab auch nichts gehört. Wahrscheinlich irgendwelche Jungs, die Opas Nullacht gefunden haben. Samt Munition. Wer weiß schon, was die Leute auf dem Speicher versteckt haben.«

Keine Post, auch keine Anrufe. Und nichts auf dem Beantworter. Ich hatte mir ohnehin nicht viel von dem Inspektionstermin im Golfclub erhofft; wahrscheinlich, sagte ich mir, hätte ich mich vorher neu in Schale schmeißen und mir ein Pfund Gel ins Haar schmieren sollen, auch auf die Gefahr, wie ein ehemaliger Minister auszusehen, mit Adelstitel und ohne Doktor. Und ich wußte auch nicht, was ich tun würde, wenn Abromeit plötzlich doch anrüfen würde, um mich anzuheuern.

Dabei ging es nicht nur um die Frage, was ich bei Leuten tun sollte, die mit ehemaligen pakistanischen Geheimdienstleuten zu tun hatten. Die am Ufer der Erft Leute umlegten. Kann alles vorkommen, sagte ich mir. Manche Leute finden andere Leute überflüssig oder lästig und tun was dagegen. Muß man nicht toll finden, aber was muß man schon toll finden?

Oswin war ein Kamerad gewesen wie viele andere, nicht besser, nicht schlechter, bestimmt kein guter Freund. Kein Verlust – jedenfalls nicht für mich, mein Gemüt, mein Herz. Aber bei aller Skepsis gegenüber den Gepflogenheiten des Staats, der seine Soldaten mit unzureichender Ausrüstung und ziemlich diffusen Anweisungen in die Wüste schickt und sich jahrelang nicht mal dazu aufraffen kann, einen Krieg einen Krieg zu nennen ... Mord ist Mord, Oswin war nicht im Krieg gefallen, sondern an der Erft ermordet worden. Ich war zu nah dran gewesen, um alles einfach hinnehmen und vergessen zu können.

Und ich hatte mit ihm auf dem Parkplatz des Supermarkts geredet. Hatte ihn beobachtet, wie er sich mit diesem Nawazish unterhielt. Wie groß waren die Chancen, daß ein anderer Oswin und mich so beim Reden beobachtet hatte wie ich Oswin und den Pakistaner? Wenn jemand sich gründlich um Oswin kümmerte, würde er früher oder später bei Coralie auskommen. Was hatte sie mit Oswin zu tun? Gab's da mehr als das, was sie mir erzählt hatte? Was hatte Oswin mit dem Haus des Anwalts Arndt zu tun? Und wer Coralie näher unter die Lupe nahm, würde irgendwann wohl auch herausfinden, daß sie bei dem zerstörten Haus und danach bei mir gewesen war. Bestimmt hatten ein paar Leute irgendwas gesehen und keinen Grund, nicht darüber zu reden.

Oswin. Arndt. Coralie. Nawazish ul Haq. Abromeit. Seidler. Die Verbindung gab es, nur: Wie sah sie aus?

Dann kam mir ein naheliegender Gedanke, auf den ich bisher aber noch nicht gekommen war. Wenn es eine Verbindung gab, wovon ich wohl ausgehen konnte, mußte ich damit rechnen, daß Abromeits oder Seidlers Leute wußten, daß ich irgendwie mit Oswin zu tun gehabt hatte. Und dann mußte ich ferner damit rechnen, daß sie mich ausquetschen würden.

Ich schob die Dinge im Kopf hin und her, aber egal, wo sie gerade lagen, nichts daran gefiel mir. Dabei hatte ich über Matzbach und Zaches noch gar nicht länger nachgedacht.

Ich versuchte, Coralie anzurufen, kam aber sofort bei ihrer Mailbox aus. Ich bat sie, sich gelegentlich zu melden, und weil ich nicht sicher war, sie ihr gegeben zu haben, nannte ich die Nummer des Handys. Danach rief ich Armin Schwaderlapps Büro an.

Da es inzwischen Mittag war, rechnete ich nicht damit, ihn an die elektronische Strippe zu kriegen, aber er war tatsächlich vorhanden.

»Hast du heute nachmittag irgendwann mal ein paar Minuten Zeit?« sagte ich.

Er summte leise; ich nahm an, daß er seinen Terminkalender konsultierte. »Nja, bißchen knapp. Worum geht's denn? Kann's nicht ein paar Tage warten?«

»Ist nicht furchtbar dringend, aber ich würde dich gern zwei oder drei Dinge fragen.«

»Geht das am Telefon?«

»Besser nicht.«

Er gluckste. »Wahrscheinlich hättest du auch gern das Päckchen, oder? Kannst du so gegen vier hier sein? Ich hab dann grad 'ne Viertelstunde Luft.«

»Okay, muß reichen. Bis nachher dann.«

Sekunden später klingelte das Festnetztelefon von Dr. Möller. Ich nahm ab und meldete mich.

»Hegel hier.«

Mhm, dachte ich (falls man »mhm« denken kann). »Was verschafft mir das Vergnügen?«

»Der Chef hat sich noch nicht entschließen können, was dich angeht«, sagte der Wächter. »Ich soll dir noch ein bißchen auf den Zahn fühlen.«

»Schneidezahn oder Backenzahn?«

»Weisheitszahn, du Idiot. Wann hast du Zeit?«

Ich zögerte. Dann sagte ich: »Im Moment ist schlecht; ich muß gleich weg, ein anderer Termin. Geht heute abend?«

»Geht. Wo? In diesem Haus, das du hütest?«

»Nee. Da gibt's 'ne Kneipe an der Erft. *Die Furt*.«

»Sind die nicht im Moment dicht?«

»Machen heut wieder auf, soviel ich weiß.«

»Okay. Wann?«

»Acht?«

»Bis dann.«

10. Kapitel

Auf der Fahrt nach Köln ließ ich das Autoradio aus. Normalerweise höre ich beim Fahren das neueste Gedudel – irgendwie scheinen alle Sender die gleichen zehn Popnummern in verschiedenen Reihenfolgen zu spielen – und Nachrichten. Diesmal wollte ich konzentriert über gewisse Fragen nachdenken, statt meine musikalische Bildung zu verbessern.

Eine Frage hatte ich vor dem Aufbruch Matzbach gestellt, telefonisch – eine Bitte, genauer. Gereon hatte mich ein wenig verblüfft; vielleicht konnten Baltasars Kontakte ja mehr über ihn herausfinden. Irgendwie glaubte ich nicht mehr an den Finanzmann und Gärtner.

Zwei Fragen ergaben sich für mich aus Hegels Anruf. Eine verschob ich auf später, die andere ließ sich zwar nicht klären, es erschien mir aber sinnvoll, alle möglichen Antworten zu sichten und zu wägen. Was wollte Abromeit von meinen Zähnen, wie sollte Hegel mich durchchecken? Würde das eine echte Zahnfühlerei werden oder bloß ein weiteres Rumstochern? Wenn es echt sein sollte, warum ließ Abromeit es dann von Hegel erledigen? Ich konnte mir nicht recht vorstellen, daß es um Verträglichkeit innerhalb des Sicherheitsteams ging. Bloßes Stochern ... schickt man dafür einen Leibwächter los? Der dann ja auch über gewisse Fähigkeiten verfügen müßte und eigentlich zu schade für die Rolle als Abtaster und Muskelmann wäre.

Vom Muskelmann schweiften meine Gedanken zu Musketieren ab, die ich früher als Muskeltiere gelesen hatte, und als ich bei d'Artagnan angekommen war, riß ich mich zusammen und versuchte, meine Fragen an Armin Schwaderlapp zurechtzulegen. Sie wollten aber nicht stillhalten, zappelten und balgten sich mit Porthos und Athos. Keine Ahnung, warum sich Aramis nicht einmischte.

Schwaderlapps Agentur befand sich in der mit viel Chrom und Glas ausgebauten vierten Etage eines Hauses in der Maastrichter Straße. An einem Freitagnachmittag in dieser Ecke von Köln einen Parkplatz zu finden, ist nicht ganz einfach. Deshalb war ich früh genug losgefahren, aber bis ich endlich im Aufzug stand, war es schon kurz nach vier.

Außer Armin hielt sich nur eine seiner ausnahmslos schicken, jungen Damen im Büro auf. Sie starrte mit gerunzelter Stirn auf ihren großen, flachen Monitor, und als sie mir zunickte, nahm sie den Bleistift nicht aus dem Mund. Ich wollte ihr sagen, daß sie eine solche Diät gar nicht nötig hätte, aber ehe ich einen Ton hervorbringen konnte, tauchte Armin hinter der halb angelehnten Tür eines der zahlreichen Räume auf und winkte mir.

Ich folgte gehorsam zu seinem Stahlrohrschreibtisch. »Wie macht die das?« sagte ich, während ich mich auf den Besucherstuhl sinken ließ.

»Wer macht was?« Armin schob ein paar Papiere und CDs beiseite und warf einen Blick auf die Uhr.

»Deine Sachwalterin vorn. Vorm Computer sitzen und Bleistifte kauen kann ich noch verstehen, aber wie bedient man mit so langen, lackierten Krallen die Tastatur?«

»Wir haben eben alle unsere Fähigkeiten und Geheimnisse. Kaffee kann ich dir nicht anbieten; ich muß gleich weg. Geht's ohne?«

»Klar.«

»Was willst du wissen?«

»Ein Herr Abromeit hat mich ...«

»... angerufen und inspiziert. Ja. Hatte ich ihm gesagt. Und? Kriegst du den Job?«

»Ist noch nicht klar; die wollen mir nochmal auf den Zahn fühlen. Vielleicht haben ihm die Plomben nicht gefallen.«

Armin zupfte an seiner locker hängenden Krawatte. »Ja, gut, und weiter?«

»Danke für die Vermittlung. Ich hab aber überhaupt nichts darüber rauskriegen können, was die eigentlich machen. Abromeit und sein Boß, Seidler. Und ...«

»Moment.« Armin hob die Hand, stand auf, ging um den Schreibtisch zur Tür und schloß sie. Als er wieder saß, räusperte er sich. »Was willst du genau wissen?«

»Warum du die Tür zumachst.«

Er grinste. »Weil du mir gleich indiskrete Fragen stellen wirst, die ich unmöglich bei offener Tür beantworten kann. Wenn überhaupt.«

»Was kannst du mir denn sagen?«

Er zögerte. »Seidler ist ein Spezialist«, sagte er dann. »Und Abromeit ist sein ... Organisationschef.«

»Spezialist wofür?«

»Für alles.«

»Kannst du das erläutern?«

Armin fuhr sich durch die dichten Locken. »Schwierig. Vor allem in der kurzen Zeit.« Wieder blickte er auf die Uhr. Es war eine Rolex, und sie paßte bestens zu seinem Armani-Anzug, dem der unverschlossene Kragen und die Krawatte, deren doppelter Windsorknoten etwa fünf Zentimeter unter der Kragenlinie saß, das nötige Flair von Ich-weiß-nicht-was gaben.

»Baut er Panzer?« sagte ich. »Hat er eine umweltfreundliche, nachhaltig abbaubare Betonmischung erfunden? Bioplastik?«

Armin legte den Kopf halb in den Nacken und sah mich über die Nasenspitze hinweg an. »Das ist doch so was von *out*, Mann.«

»Was ist denn *in*?«

»Es gibt zehntausend Produkte. Zehntausend Spezialisten. Wie viele Leute passen ins Flugzeug, wenn Frau Merkel Peking besucht?«

»Keine zehntausend.«

Er nickte. »Eben. Wenn der Emir von Abu Dingsbums einen bestimmten Wunsch hat, läßt er einen Spezialisten kommen. Wenn's um nichts Bestimmtes geht, sind die Generalisten gefragt.«

Ich tastete nach meinem Tabak. »Darf ich ...?«

»Nein. Mann, mach schneller; in fünf Minuten muß ich los.«

»Okay. Generalisten – sind das Leute, die selber nix wissen, aber immer einen kennen, dem sie die Sache dann übergeben?«

»Ja und nein. Die Herren Seidler, Abromeit und Co wissen schon dies und das, aber ...« Er beugte sich vor und klopfte auf die Teakschale, in der ein paar vermutlich niemals benutzte Luxusfüller lagen. Ein Toledo war dabei und mindestens ein Meisterstück. »Nehmen wir den Panzer, von dem du geredet hast. Nicht, daß ich was über Waffengeschäfte wüßte.« Er lächelte flüchtig. »Was gebraucht wird, sind Leute, die dir den Panzer und die Pläne für Ersatzteile und den Ausbilder für den Umgang damit und die Finanzierung der Munitionsfabrik liefern können.«

»Lobbyisten?«

Er winkte ab. »Lobbyisten vertreten in der Regel einen Konzern, einen Verband. So ungefähr. Seidler macht alles. Alles in einer Hand, gewissermaßen.«

»So was wie ein Hyperlobbyist?«

»Könnte man sagen.« Er stand auf. »Du, eh, tut mir jetzt wirklich leid, aber ...«

Ich erhob mich ebenfalls. »Eine Frage noch. Weißt du, ob er besondere Schwerpunkte hat? Geographisch?«

»Weiß ich nicht, nein. Ich glaube, er mischt überall mit. Überall und bei allem. Genaueres sollst du ja rauskriegen.«

»Na gut. Erst mal vielen Dank. Und ...«

»Stimmt, hätt ich fast vergessen. Hat ja alles geklappt, wie man so hört und liest. Voilà.« Er bückte sich, nahm ein Schlüsselchen aus der Jackettasche, öffnete damit eine Schublade, legte einen dicken Umschlag auf den Tisch und schloß die Lade wieder. »Drei Riesen«, sagte er. »Wie vereinbart. Zähl vorsichtshalber nach.«

11. Kapitel

Als ich wieder dort war, wo ich das Haus zu hüten hatte ... Klingt unerträglich gestelzt; ich glaube, ich werde den Ort, dessen Namen zu verschweigen ich versprochen habe, einfach Kaffhausen nennen, damit ich nicht ewig dieses Herumeiern betreiben muß. Also, nach der Heimkehr nach Kaffhausen trank ich einen Kaffee, aß ein Käsebrot und wälzte meine Überlegungen auf der Terrasse hin und her. Coralie hatte sich noch nicht gemeldet, auch sonst niemand. Gereon hatte längst Feierabend gemacht; die meisten Nachbargärten dösten in der Hitze des späten Nachmittags. Von den etwa fünfzig Häusern an dieser Straße waren mindestens dreißig verlassen, und so weit mein Auge reichte, sah ich nur in zwei Gärten Bewegung. Oder unbewegtes Fleisch. Ich nahm an, daß sich alle anderen entweder in den relativ kühlen Innenräumen aufhielten oder Einkäufe machten oder vielleicht fürs Wochenende weggefahren waren. Kurz vor sieben und immer noch an die dreißig Grad.

Da ich mit dem Denken nicht weiterkam und sonst nichts zu erledigen hatte, brach ich zur *Furt* auf. Der Fußweg zur kleinen Brücke verließ den rechten senkrechten Strich des H ziemlich weit unten; südlich davon gab es noch drei Häuser. Als ich in den Weg einbog, wäre ich fast über eine Schubkarre gestolpert, die gleich hinter der Ecke stand.

»Ups, tut mir leid, steht doof da, was?« Ein älterer Mann mit Bermudas, Hawaiihemd und breitkrempigem Hut trimmte offenbar gerade die Buchenhecke, die zusammen mit einem niedrigen Jägerzaun das Haus links des Wegs gegen Invasionen seitens wüster Passanten abschirmte.

»Nix passiert«, sagte ich.

»Sie sind der Mann, der das Haus von Möller hütet, was?«

Ich nickte. Ich wußte nicht, wie mein Gesprächspartner hieß; ich hatte ihn mehrmals auf den drei Straßen von Kaffhausen oder beim Einkaufen gesehen und, glaube ich, einmal auch in der *Furt*. »Bongartz«, sagte ich.

»Angenehm, Kolberg.« Er deutete mit der Spitze seiner Heckenschere auf meine Brust. »Die Kneipe ist aber zu – falls Sie dahin wollen.«

»Ich dachte, die machen heute wieder auf?«

Er ließ die Schere sinken. »Ja? Kann sein. Wird auch Zeit.«

»Verdursten Sie sonst?«

Er stieß ein scheppperndes Gelächter aus und schob den Hut in den Nacken. In den tiefen Furchen auf seiner Stirn hatten sich mehrere Perlenketten aus Schweißtropfen gebildet. »Nee, aber seit meine Frau tot ist, ist es hier immer so still«, sagte er. »Da freut man sich doch, wenn man bei passendem Wind mal ein bißchen Musik oder Gläserklirren hört.«

»Oder ein kleines Feuerwerk.«

»Feuerwerk?« Er schüttelte den Kopf. »Die ballern doch nicht mal zu Silvester.«

»Irgendwer hat mir erzählt, da hätte es gestern irgendwie geknallt. Geknattert. Was auch immer.«

Er ließ die Mundwinkel sacken. »Muß ich verpaßt haben. Dabei war ich die ganze Zeit hier. Wer hat das denn angeblich gehört?«

»Weiß ich nicht mehr«, sagte ich. »Hab ich so nebenher beim Einkaufen gehört.«

»Ach, man darf nicht alles glauben, was die Leute so erzählen.«

»Da haben Sie natürlich recht. Schönen Abend noch.« Ich ging weiter.

»Eh, kommen Sie denselben Weg zurück?« sagte er hinter mir.

Ich drehte mich halb um. »Welchen sonst? Warum?«

»Na ja«, sagte er. »Wenn die Kneipe zu ist, kommen Sie wieder hier vorbei. Wenn Sie nicht in der nächsten halben Stunde vorbeikommen, geh ich davon aus, daß Helga und Mick wieder da sind. Dann komm ich auch.«

»Okay«, sagte ich ziemlich leise, wobei ich von ihm wegschaute. »Aber die Schere brauchen Sie nicht mitzubringen.«

»Hatte ich nicht vor.«

»Bis später dann.«

Ich zählte die Schritte bis zur Brücke, etwas über fünfhundert, was bei meiner Schrittlänge gute vierhundert Meter ergab. Von der Brücke flußaufwärts zur Kneipe waren es noch einmal zweihundertfünfzig Meter.

Die Furt hatte geöffnet. Auf dem Parkplatz stand neben vier anderen Wagen Oswins alter Passat. Von Hegel war noch nichts zu sehen.

Im Schankraum hielt sich lediglich Mick auf; bei dem allzu guten Wetter zog es alle anderen offenbar auf die Terrasse am Flußufer. Ich hörte Helgas heiseren Alt; sie lachte, und ich nahm an, daß einer der Gäste ihr einen Witz erzählt hatte. Es war aber ein kurzes Lachen; der Witz konnte nicht allzu gut gewesen sein.

»Na, ihr Nichtsnutzigen«, sagte ich. »Schön, daß ihr wieder da seid. Vor ein paar Tagen hatte ich Durst und mußte weinend umkehren.«

Mick grinste. »Paar Tage dürfen wir doch auch mal abhauen, oder? Schau mal, was ich gefunden hab.« Er hielt mir ein paar kleine, schwarze Scheiben hin.

»Flohmarkt?«

»Spezialladen. Antwerpen.«

In der Ecke stand eine Musikbox aus den fernen Fünfzigern, die Mick hin und wieder neu bestückte. Allerdings sortierte er die alten Scheiben nicht aus. Ich glaube nicht, daß er ein festes Rotationsprogramm hatte; wahrscheinlich wechselte er einfach nach Lust und Mondphase aus. Ich las die Titel der »neuen« Singles, die er aus Antwerpen mitgebracht hatte: *Vous permettez, Monsieur* von Adamo, *All My Loving* von den Beatles, *Heißer Sand* von Mina (wie auch immer das nach Antwerpen gelangt sein mochte), *Bomba o non bomba* von Lucio Dalla.

»Alles lange vor meiner Zeit«, sagte ich. »Aber die Veteranen werden sich freuen.«

»Und das hier« – er hielt eine weitere Platte hoch – »ist eine Überraschung für Adelheid. Davon hat sie immer geschwärmt, wenn sie gut genug abgefüllt ist.«

Ich vergeudete keinen Gedanken an die Zeitenfolge in Micks Satz; wen interessiert schon Grammatik angesichts der Zeitenfolge in seinen Musikschätzen? »Ist Adelheid da?«

Er wies mit dem Kinn zum Flußufer. »Frisch gewaschen, gut gelaunt und nüchtern.« Er nahm ein paar andere Platten aus der Box und sortierte neue hinein; dann kramte er in seiner Tasche. Eine Umstellung von DM auf Euro hatte es für die Box nicht gegeben, aber es liefen ja immer noch genug alte Münzen um, und für das Gerät hatte Mick sowieso einen eigenen Vorrat.

»Hör mal«, sagte ich. »Ich bin gleich mit einem Typen verabredet. Gorilla, Muckibude, ja? Guck ihn dir unauffällig an und sag mir dann, ob der schon mal hier war.«

»Mach ich. Kölsch?«

»Wie immer.«

Adelheid mußte an die Achtzig sein, hielt sich aber immer noch tadellos, jedenfalls bis zum zwölften oder dreizehnten

Bier. In den alten Zeiten, bevor jemand bei der Bahn auf den schwachsinnigen Gedanken gekommen war, den Lokus »McClean« zu nennen, war Adelheid Klofrau im Kölner Hauptbahnhof gewesen, und manchmal, wenn der Mond richtig stand und das elfte Kölsch mit der zweiten Flasche Persiko um ihre Zuneigung rang, erzählte sie bezaubernde Geschichten über Prominente – Schlagerstars, Politiker, Sportler – und ihre Pinkelgewohnheiten sowie sonstige Umtriebe in den gefliesten Hallen der Erleichterung.

Mick zapfte. Aus der Schublade unter dem Gläserregal holte er ein Markstück und legte es mir auf den Tresen. »Drück mal die vierundvierzig«, sagte er. »Und irgendwas, was dir grad gefällt.«

»Was ist vierundvierzig?«

»Das Ding für Adelheid. Neue Zettel muß ich erst noch machen.«

Ich ging zur Musikbox, warf die Mark ein, drückte 44 und, weil mir gerade danach war, 55, ohne hinzusehen.

Mit den üblichen Knirschgeräuschen setzte sich das alte Gerät in Bewegung. Während ich zurück zum Tresen ging, setzten Harfenklänge ein. Vielleicht waren es auch Töne von Darmsaiten einer akustischen Gitarre. Jemand begann auf Spanisch zu singen, aber davon war kaum etwas zu hören – weniger, weil die alte Scheibe ein bißchen rauschte und knarzte, sondern weil Adelheid mit schrillen Schreien von der Terrasse hereingerannt kam, mitten im Raum stehen blieb und zu schluchzen begann.

»Was ist das?« sagte ich.

Mick schob mir mein Kölsch hin. »*Malagueña.* Von den ganz alten Paraguayos. Ich weiß nicht, was sie damit verbindet; wahrscheinlich hat ihr das mal mitten in der Nacht ein Latin Lover auf dem Damenklo gegeigt.«

Adelheid schluchzte leiser, wandte den Kopf und warf Mick eine Kußhand zu; er duckte sich. Ich drehte mir eine Zigarette und lauschte dabei dem sengenden Tenor und den aparten Falsettpassagen von (wie Adelheid jammernd und jauchzend verkündete) Luis Alberto del Paraná.

»Schönes Stück« sagte ich, als es zu Ende ging. »Ist auf jeden Fall eine Bereicherung.«

»Was hast du noch gedrückt?«

»Fünfundfünfzig. Blind.«

»O Mann.« Mick zeigte die verfärbten Zähne. »Das ist schweres Kaliber, eigentlich nur nach Mitternacht zu ertragen. Und sonst?«

»Wieviel gibt's denn für eine Mark?«

»Fünf Stück.«

»Ach, soll Adelheid die drei anderen aussuchen.«

»Mach ich«, sagte sie. »Persiko, Mick.« Sie strahlte mich unter Tränen an. »Trinkst du mit, Liebchen?«

»Einen, danke.«

Nummer 55 stellte sich heraus als *Schwer mit den Schätzen des Orients beladen* von Heino. Keiner protestierte, aber das verblüffte mich nicht, denn in der *Furt* koexistierten nicht nur Kölsch, Persiko und der eine oder andere Côtes du Rhône und die jeweiligen Trinker, sondern zu gewissen Zeiten auch Elvis und Andrea Berg, Freddy Quinn und Cold Play. Ich trank einen Persiko mit Adelheid, deren heftiges Make-up unter den Fluten der Rührung zu schwinden begann, und floh auf die Terrasse.

Helga knuffte mich zur Begrüßung und sagte: »Du Heino, du.« Von den acht anderen frühen Trinkern kannte ich drei vom Sehen. Drinnen drückte Adelheid dreimal *Malagueña*, und vermutlich geleitete sie jedes Abspielen mit mindestens einem Persiko. Helga knurrte etwas und verschwand ins Lokal.

»Bring mir ein Kölsch mit, ja?« sagte ich.

»Erst andere Musik.«

Hegel kam, als gerade Helene Fischer *Und morgen früh küß ich dich wach* sang. Er hob die Brauen, nickte zur Begrüßung und sagte: »Mach ich nicht.«

»Was denn? Wachküssen? Hätt ich mir auch verbeten.«

»Läuft hier immer so was?«

»Laß dich überraschen. Was willst du trinken?«

Helga tauchte neben uns auf. »Wollt ich auch grad fragen«, sagte sie.

»Wasser; ich muß noch fahren.«

»Und noch 'n Kölsch«, sagte ich. »Das wird ein harter Abend.«

»O Mann«, sagte Helga. »Kannste wohl sagen.«

Adelheid hatte entweder selbst noch altes Geld, oder es war ihr gelungen, Mick zu erweichen. Jedenfalls gab es wieder zweimal hintereinander *Malagueña*. Hegel grinste, und ich sah voraus, daß ich die nächsten Tage an paraguayischen Ohrwürmern leiden würde.

»Wo willst du meine Zähne sehen?« sagte ich.

Hegel hob die Schultern. »Laß das Maul zu. Du warst in Afghanistan, ja?«

»Das weiß Abromeit doch. Dafür schickt er dich bestimmt nicht her.«

»Ich frag ja nur. Wie war's denn da so?«

»Kariert«, sagte ich. »Manchmal auch mit Fransen. Was hast du gemacht, ehe du zu dem Laden gekommen bist?«

Er zog die Jacke aus, in der er bisher der Abendhitze getrotzt hatte, und krempelte die Ärmel seines weißen Hemds auf. Sehr sorgfältig, in sehr gleichmäßigen Krempelungen.

»Etepetete, wie?« sagte ich.

»Gewöhnt man sich so an. Ich hab geboxt«, sagte er. »War aber nicht gut genug für richtiges Geld. Und dann hat jemand mich gefragt, ob ich nicht richtige Klamotten tragen, echtes Geld verdienen und dabei ein bißchen reisen möchte.«

Helga brachte unsere Getränke. »Sie waren noch nie hier, oder?« sagte sie, als sie Hegel sein Wasser reichte. »Bei neuen Gästen geht das erste Glas immer aufs Haus.«

Wir tranken ein paar Momente schweigend. Hegel sah mir beim Drehen der nächsten Zigarette zu und rümpfte die Nase. Sie war beinahe klassisch gerade, und ich dachte, daß er als Boxer eine gute Defensive gehabt haben mußte.

»Solltest du dir abgewöhnen«, sagte er. »Hab ich dir ja schon gesagt.«

»Hast du. Was verlangen die denn sonst noch, abgesehen von nicht rauchen?«

»Einsatz. Risikobereitschaft. Sicherheitsbewußtsein. Keine anderen Bindungen.«

»Okay, mit der Truppe verheiratet sein und keinen Wert aufs eigene Leben legen, so etwa? Und was gibt's dafür?«

»Zuerst mal um die drei plus Extras, später mehr.« Er schaute in mein Gesicht, dann auf den Fluß, dann wieder auf meine Nase.

»Spuck's schon aus«, sagte ich.

Er blähte die Nüstern. »Was?«

»Ich seh dir doch an, daß da noch was ist. Haben deine hohen Herren eine besondere Frage?«

Er preßte einen Moment die Lippen zu einem schmalen Strich. »Ich weiß nicht, ob ich deinen Tonfall mag.«

»Manchmal kann ich ihn selbst nicht leiden.«

Er nickte. »Glaub ich.«

Im Lokal gab's ein mittleres Gejohle, so als wäre ein langverlorener Sohn heimgekehrt und hätte das zu schlachtende

Lamm gleich mitgebracht. Dann hörte ich eine Stimme, die ich kannte, und weil ich gerade Hegel beobachtete, sah ich, daß er auf die Stimme reagierte, indem er die Mundwinkel nach unten zog.

»Jetzt siehst du fast aus wie die Kanzlerin«, sagte ich. »Was ist los?«

Er wandte sich halb um, so daß er den Durchgang von der Terrasse zum Lokal im Auge hatte. »Nix«, knurrte er. »Nur eine unangenehme Erinnerung.«

Zaches kam zusammen mit Helga auf die Terrasse. Ich nehme an, sie hatte eigentlich den Arm um seine Schulter legen wollen, aber da sein Kopf kaum bis zu ihrer Brust reichte, sah es aus, als ob sie sich auf ihn stützte.

Zaches hatte ein Longdrink-Glas in der Hand; als er es hob, klirrten die Eiswürfel leise aneinander. »Soll ich meinen Gin-Tonic etwa mit dem Philosophenkönig trinken?« sagte er.

Helga blickte irritiert. »Wen meinst du, Großer?«

»Den da.« Zaches deutete mit dem Kopf auf uns. »Herrn Hägl.« Sein aufgesetztes Schwäbisch klang wie der Anlauf zu einem tiefen Erbrechen. »Und wer ist der neben ihm?«

»Das ist BoBo«, sagte Helga. »Ein alter Freund. Den kennen wir schon mindestens vier Wochen.«

Zaches schlurfte auf seinen kurzen Beinen näher. »Herr BoBo!« Er hob das Glas. »Freut mich, Sie kennenzulernen.«

Ich hob mein fast leeres Kölschglas. »Ganz meinerseits, Herr Zwerg«, sagte ich. »Wie darf ich Sie anreden?«

»Zaches«, sagte Hegel; er hatte die Mundwinkel nicht wesentlich steigen lassen. »Oder Karate-Kid. Mini-Satan. Schrumpf-Arsch.«

»Das klingt wie liebe alte Freunde«, sagte Helga. »Bitte keine Schlägerei, ja?« Sie ging wieder ins Lokal.

»Einer von uns ist hier überflüssig.« Hegel stellte sein Wasserglas auf das Geländer über der Erft und langte nach seinem Jackett. »Eine Frage hätte ich noch, Bongartz.«

»Und zwar?«

»Nicht hier; komm bitte mit raus.«

»Entschuldigen Sie uns einen Moment, Herr Zwerg.«

Zaches nickte und trat beiseite. »Guten Heimweg zur Müllkippe«, sagte er. »Oder bist du umgezogen?«

Hegel antwortete nicht. Ich folgte ihm durchs Lokal zum Parkplatz. Er zog einen Fernbediener aus der Jacke, die er über dem linken Arm trug. Vor uns klackte und blinkte ein Passat CG.

»Schickes Auto«, sagte ich. »Gehört das zum Sold?«

Er nickte, öffnete die Fahrertür und warf seine Jacke auf den Beifahrersitz.

»Was war die Frage?«

Er blickte mich ausdruckslos an, dann deutete er mit dem Kinn auf Oswins alten Passat. »Was ist damit?«

»Womit?«

Er seufzte. »Der Passat da. Und sein Besitzer.«

»Woher soll ich das wissen?«

»Du hast mit ihm geredet, beim Supermarkt. Und natürlich wissen wir, daß ihr alte Kameraden seid.«

»Oswin?«

»Roggendorf.«

»Keine Ahnung. Was soll mit ihm sein?«

»Warum steht der Wagen hier?«

Ich hob die Schultern. »Keine Ahnung. Mußt du schon Oswin selber fragen. Ich weiß aber nicht, wo er steckt, falls du das wissen willst.«

»Wie kommt der Wagen hierher?«

»Mann, woher soll ich das wissen? Ich hab ihn auf dem Parkplatz kurz gesprochen, seitdem weiß ich nichts.«

»Na schön; wie du meinst.« Er stieg ein.

»Was habt ihr denn mit Oswin zu schaffen? Wenn ich mehr wüßte, könnte ich vielleicht ...«

»Vergiß es.«

»Was?«

»Das. Und den Job.«

»He, Moment mal«, sagte ich. »Wie soll ich mich für was auch immer qualifizieren, wenn ich nicht weiß, was ihr eigentlich wollt?«

Er antwortete nicht, zog die Tür zu, startete und fuhr los.

Ich ging zurück ins Lokal. Adelheid hatte einen Stuhl vor die Musikbox geschoben, saß rittlings darauf und steckte die nächste Münze hinein. Ihr Make-up war inzwischen gründlich zerfurcht. Die halbleere Flasche Persiko stand neben ihr, auf dem nächsten Tisch. Sie blickte auf, als ich vorbeiging. Ihre Augen waren naß, aber sie strahlte.

»Schön«, sagte sie. »O wie ist das schön!«

Zaches hatte sich auf das Geländer gehockt. Als ich zu ihm trat, waren unsere Köpfe fast auf gleicher Höhe.

»Nun wohl, Herr Zwerg«, sagte ich. »Wie ist das Befinden?«

Er betrachtete mich. »Der Dicke«, sagte er leise, »hat Fleisch gegessen und Rotwein getrunken.«

»Wohl bekomm's.«

»Die Ärzte haben's ihm verboten.«

Die anderen Terrassengäste saßen weit genug weg oder plauderten; außerdem quoll *Malagueña* wieder aus dem Lokal und wallte über die Lande. Eigentlich hätten wir nicht so leise reden müssen. Aber man weiß ja nie.

Ich beugte mich ein wenig vor, so daß mein Mund näher an seinem Ohr war. »Was hast du denn mit Hegel zu tun? Gehabt?«

Zaches schnalzte. »Lange Geschichte. Paar Jahre her. Er hat ein verkrüppeltes Gemüt. Mann, dagegen sind meine Beine ...«

Ich wartete, aber der wüste Vergleich, auf den ich wartete, kam nicht. Zaches murmelte lediglich: »Später.«

»Trinkt Ihr noch etwas, Herr Zwerg?« sagte ich in gewöhnlicher Lautstärke.

An einem der nächsten Tische stand ein Mann auf, den ich nicht einmal vom Sehen kannte. Er kam zu uns und baute sich vor mir auf.

»Hören Sie«, sagte er. »So können Sie nicht mit Menschen reden.«

»Nein? Wie denn?«

»Das ist ganz unmöglich so. Diskriminierend. Ich möchte fast sagen menschenverachtend.«

»Tja«, sagte ich. »Dann haben wir ein Problem.«

»Das finde ich auch. Sie sollten ...«

Zaches unterbrach ihn. »Nett, wie Sie sich um etwas kümmern, wovon Sie nichts verstehen«, sagte er. »Die meisten Bekannten nennen mich ganz anders. Einer hat mich neulich gefragt, ob ich fussele.«

»Bitte?« Der Mann blickte verwirrt.

»O Kaninchen«, sagte ich.

»Wenn ich nicht fussele, hat er gesagt, würde er mich demnächst als Arschwisch nehmen.«

Der Mann machte den Mund auf, schloß ihn wieder, wandte sich ab und ging zu seinem Platz zurück.

»Man hat mich auch schon als Köder beim Forellenangeln verwendet«, sagte Zaches laut.

»Haben sie gebissen?«

Zaches grinste mich an. »Ehe wir gesteinigt werden, sollten wir gehen. Wir werden erwartet.«

»Wo?«

»In Bonn.«

»Wie kommen wir dahin? Ich hab zuviel getrunken. Ich könnte zwar noch fahren, aber ich fürchte, wenn uns einer anhält, bin ich meinen Lappen los.«

»Ah, laß dich überraschen.«

Verfolgt von ätzenden Blicken des Gutmenschen und seiner Begleiterin gingen wir ins Lokal. Adelheid saß immer noch vor der Musikbox und füllte eben mit unsteten Händen – sie benutzte beide, vorsichtshalber – ihr Schnapsglas auf.

Helga lehnte am Tresen und blickte finster zu ihr hinüber. »Das muß jetzt aber aufhören«, sagte sie. »Drück was anderes.« Dann wandte sie sich an uns. »Was war denn da gerade los?«

Zaches deutete auf mich. »Der da hat mich Zwerg genannt.«

Mick stellte ein halbfertiges Pils ab und beugte sich vor. »Muß man sich einen netten Abend versauen, indem man die Wahrheit sagt?«

»Der Herr am dritten Tisch rechts fand das diskriminierend«, sagte ich.

»Der muß das.« Helga streichelte Zaches über den Kopf. »Der ist Beamter.«

»Ach so. Da kann man nichts machen. Außer zahlen.«

Wir zahlten und verabschiedeten uns. Ich winkte Adelheid zu, aber ich glaube nicht, daß sie es bemerkt hat.

12. Kapitel

Und jetzt?« sagte ich, als wir vor der *Furt* standen.

Zaches antwortete nicht; er ging zum Ende des Parkplatzes, wo unter einer Linde ein kleiner, rostiger Peugeot schmachtete.

»Willst du etwa fahren?« sagte ich. »Du kommst doch nicht an die Pedalen.«

»Wir haben einen Chauffeur.«

Eigentlich war es noch hell genug, aber die Scheiben waren ziemlich schmierig; und im Schatten des Baums hatte ich außer dem Rost und dem Dreck nichts gesehen. Als wir näher kamen, erkannte ich die Umrisse eines Kopfs. Die Fahrertür öffnete sich.

»Einsteigen, Gentlemen!« sagte der Mann, der hinterm Steuer saß.

Zaches stupste mich an. »Los, steig vorn ein. Ich sitz hinten besser.«

»Willst du uns nicht miteinander bekannt machen?«

»Im Auto. Los, mach endlich.«

Ich setzte mich auf den Beifahrersitz und wurde von einem breiten Lächeln und blitzenden Zähnen in einem dunklen Gesicht begrüßt.

»Das ist Masud«, sagte Zaches, als ich die Hand des Fahrers drückte. »Gewissermaßen ein alter Freund von Nawazish.«

»Ich hoffe, Sie suchen sich Ihre Freunde sonst etwas vorsichtiger aus.«

Masud startete den Wagen. »Müssen wir uns siezen?« Er sprach ohne erkennbaren Akzent.

»Nee. Sind ... bist du schon lange hier?«

»Hier draußen? Ich hab Hegel noch gesehen, wenn du das meinst.«

»Kennst du ihn?«

Wir rumpelten über den Verbindungsweg zur Landstraße. »Na ja«, sagte er. »Kennen ist zuviel. Ich weiß, wer er ist und was er so macht. Und ich kann ihn überhaupt nicht leiden.«

»Freut mich. Spricht für einen gewissen Geschmack.«

»Schluß mit dem Geschwätz«, sagte Zaches hinter uns. »Wir haben ein paar Dinge zu bereden, ehe wir zu Matzbach kommen.«

»Was macht der denn in Bonn? Statt in eurer Waldhütte?«

»In der Stadt läßt sich einiges besser erledigen. Leute belästigen, weißt du. Internetanschluß. So was.«

»Okay. Also?«

Masud war Usbeke; nicht aus dem afghanischen Norden, sondern aus dem »richtigen« Usbekistan. Er drückte sich absichtlich ungenau aus, aber zwischen den Sätzen und hinter den Wörtern konnte ich einiges erraten. Offenbar war er irgendwann nach 2001, als die Amerikaner in Usbekistan Nachschub- und Versorgungsbasen für die Operationen in Afghanistan anlegten, Verbindungsmann zwischen usbekischen und amerikanischen Einheiten gewesen. Was wirklich seine Aufgaben gewesen waren und ob er den regulären Streitkräften seines Landes oder einer eher geheimen Truppe angehört hatte, konnte ich nicht herausbekommen. Vielleicht lag es aber weniger an seiner Verschwiegenheit oder der Dummheit meiner Fragen, sondern an der Kürze der Fahrt nach Bonn. Zaches hatte auch dies und das zu sagen.

Jedenfalls, sagte Masud, sei er »vor ein paar Jahren mit ein paar Hilfen von ein paar Leuten, klar?« nach Deutschland gekommen und habe »dies und das, du verstehst« getan, um zu überleben. Dank einer gewissen Sprachbegabung (ich pries sein Deutsch; er sagte, »na ja, man gibt sich halt Mühe«) habe man ihn häufiger seitens offizieller Stellen (»Welche?« – »Ach, diese und jene.«) hinzugezogen, wenn Dolmetscher mit gewissen Hintergrundkenntnissen benötigt wurden.

»Probleme mit Einwanderern oder so was?« sagte ich.

»Personen mit Migrationshintergrund«, knurrte Zaches der Minderwüchsige.

»Nicht nur, aber die auch«, sagte Masud.

Bis wir Bonn erreichten, erfuhr ich, daß er Ahmed Schah Masud verehrte, den Helden des Widerstands gegen die Sowjetunion, den Löwen vom Pandschschir-Tal, dessen Ermordung durch Usama bin Ladens Leute er als die größte Katastrophe Afghanistans bezeichnete.

»Die größte? Gab's da nicht ein paar andere, die mindestens ebenso schlimm waren? Beziehungsweise sind?«

»Na ja, eine der größten.«

Neben der Verehrung für seinen Namensvetter und der Arbeit für nicht näher genannte amtliche Stellen – »schlecht bezahlt; siehst du daran, was ich für ein Auto fahre« – beschäftigte er sich mit der Einrichtung eines Netzes.

»Was für ein Netz?«

»Netz*werk* heißt das auf Denglisch«, bemerkte Zaches von hinten.

»Ach, wir kümmern uns um Leute, die aus politischen Gründen nach Europa kommen. Aus meiner Heimat und den angrenzenden Gebieten.«

»Hatten wir doch dieser Tage, oder?« sagte ich, wobei ich mich zu Zaches umdrehte.

»Was denn?«

»Die Frage, was nach unserem Abzug mit all denen passiert, die uns und den anderen Westlern in Afghanistan helfen.«

»Ja, so was«, sagte Masud.

»Und woher kennt ihr euch?«

Masud wies mit dem Daumen hinter sich, auf Zaches. »Das soll der erzählen.«

»Wir sind gleich da«, sagte Zaches.

»Dann mach's kurz.«

Der Zwerg murrte und knurrte; schließlich sagte er, nach seiner Rückkehr aus der Ferne (»Wo genau?« – »Spielt doch jetzt keine Rolle, Mann!«) habe er Matzbach bei ein paar lukrativen weil halbseidenen Ermittlungen geholfen, sei dann ein bißchen in die alte Heimat gereist, um zu sehen, ob in Rumänien und Moldawien (»Nein, *nicht* Molwanien!«) noch alles wie vorher sei (»Und? Ist es?« – »Ich antworte mit einem enthusiastischen Jein.«). Danach habe er, mit Matzbachs Hilfe, eine nette, junge Dame kennengelernt, die »das Große am Kleinen« zu schätzen wußte und für ihren bezaubernden Leib einen tüchtigen Wächter suchte.

»Höhere Tochter? Schweizer Internat und derlei?«

»Junge Witwe eines reichen Erben, der unbedingt Lamborghini fahren und testen mußte, wer härter ist, der Wagen oder die eine besondere Eiche am Wegesrand.«

»Und dann hast du also ihren Leib bewacht?«

»Das auch.«

»Hör mal«, sagte ich. »Nicht, daß ich etwa so was sehen will, aber was hat es mit dem Großen am Kleinen auf sich?«

»Nächste links«, sagte Zaches.

»Weiß ich doch, Männlein«, sagte Masud.

In der Breiten Straße gab es natürlich keinen Parkplatz, deshalb mußte Zaches noch ein paar Minuten weiterreden. Die Dame, sagte er, habe inzwischen geheiratet und bedürfe seiner nicht mehr; allerdings bitte sie ihn zuweilen um Aushilfe.

»Bei der Ehe?«

»Blödmann! Obwohl ... Na ja. Nein, bei unsicheren Gemengelagen.«

Ich stöhnte. »Wenn ich eine Liste mache von all den Wörtern, die ihr beide in den letzten dreißig Minuten benutzt habt, um irgendwas nicht zu sagen, brauch ich ganz viel Papier.«

»Mach's virtuell«, sagte Masud. »Dann kannst du's hinterher leichter löschen.«

»Will ich das denn?«

»Solltest du wollen.«

Die Dame, behauptete Zaches, gehöre zu den karitativ besonders Tätigen im Lande. Unter anderem habe sie auch ein Herz für Menschen, die aus politischen Gründen ihre Heimat hätten verlassen müssen und nun dieser und jener Form von Hilfe bei der Eingliederung bedürften. Besonders besorgt sei sie um all die »verwestlichten«, gebildeten Afghaninnen, denen nach der Rückkehr der Taliban das Schlimmste drohe. Bei einem Termin in einer zwielichtigen Gegend nahe Oberhausen habe er sie begleitet und dort Masud kennengelernt, der dem Sprecher einiger Exil-Usbeken aus Afghanistan geholfen habe.

»Okay, so weit, so unklar«, sagte ich, als wir das Auto endlich in der Nähe des Kaiser-Karl-Rings geparkt hatten und vorbei an den Kneipen der Nordstadt Matzbachs Domizil ansteuerten. »Jetzt wüßte ich aber noch gern, woher du Hegel kennst. Beziehungsweise ihr beide.«

Ein Student, der eben in angenehmer Begleitung eine der Kneipen verließ, hatte den vorletzten Satz aufgeschnappt und sagte: »Wer kennt den denn nicht! Zur Phänomeno...«

»Halt's Maul, du Phänomenologe«, sagte die nette Begleiterin. »Das Bettchen wartet; komm schon.«

»Nicht zu früh«, sagte Zaches.

Wir gingen weiter, und Masud erzählte von einem anderen Treffen, bei dem es um unzulängliche Unterkünfte gegangen war. »Das hatte sich schon ein bißchen hochgeschaukelt. Die Betroffenen hatten sich an uns gewandt ...«

»Wer ist uns?«

»Na, wir eben. Die Leute, die bei so was manchmal helfen können. Wir sind dann mit zwei Anwälten hin, und ich als Dolmetscher und, eh, Sachkundiger, und Zaches, den hatte ich ja inzwischen kennengelernt, und ein paar Kumpel von ihm als, sagen wir, Geleitschutz.«

»Herbes Volk«, murmelte Zaches.

»Braucht man bei so was. Die Gegenseite ... Also, die Bruchbuden gehören keiner Person, sagen wir mal so, sondern einer Investorengruppe, und die wurde in dem Fall vertreten von Herrn Abromeit, den du ja auch schon kennst, und der hatte Hegel und noch zwei oder drei andere vom selben Kaliber dabei.«

»Ich kenn ihn schon länger.« Zaches pfiff leise durch die Zähne. »Als ich noch jenen köstlichen Leib gehütet hab, gab's mal einen Interessenten, der irgendwas mit Abromeits Truppe zu tun hatte.«

»Erhelle mich«, sagte ich. »Interessent? Interessiert woran?«

»An dem bezaubernden Leib. Und während Madame und Monsieur sich damit näher beschäftigt haben, sind Hegel und ich und ein paar andere – bei so was ist ja auch immer ein Chauffeur dabei – was trinken gewesen, und Hegel meint, er muß mir was über Zwerge und ihre kleinen Gehirne erzählen. Da hat er aber vergessen, daß ich auf dem Barhocker so groß bin wie er, und wenn ich neben dem Barhocker stehe, sind seine Weichteile in bester Reichweite.«

Es folgte die ausgiebige Schilderung einer Keilerei, an deren Ende Hegel (»mit verquollenen Klöten und gestörter Fernsicht«) hatte zugeben müssen, daß zumindest die Finger eines Zwergs durchaus ...

An dieser Stelle knackte Zaches mit den Fingerknochen, und zum Glück hatten wir Matzbachs Behausung erreicht.

Nun ja, Behausung; man könnte auch von einer gefrorenen Lawine sprechen. Ich erinnerte mich an eine verwüstete Galerie und die Installation, die ein Artist oder Künstler dort angerichtet hatte und die er *Chaotikon IV* nannte: widerstrebende Einzelteile in Zwangsvereinigung, so hatte ein Kritiker befunden. Irgendwas mit Kugeln, Stacheldraht, Pleuelstangen, Weberschiffchen, alle gegeneinander beweglich und einander zugleich blockierend, dazwischen die Köpfe von Einstein und Napoleon. So ähnlich; ich weiß es aber nicht mehr genau.

Matzbachs Wohnung – drei Zimmer plus, Altbau, zweite Etage – war weitaus chaotischer, eine im Rutschen arretierte Lawine aus Büchern, Klamotten, Flaschen, Gläsern, Bildern, rätselhaften Objekten. Auf dem Schreibtisch ein Totenkopf mit Bruyèrepfeife zwischen den spitzgefeilten Zähnen, auf einem Beistelltisch ein uraltes Gebäude von mechanischer Schreibmaschine; ein türmchenartiges Regal aus Mahagoni mit Löwenfüßen – ich glaube, so etwas habe ich mal in einem Antiquitätenladen für 2500 Euro gesehen – war vollgepackt mit Konservendosen, auf denen ein halbgeschlossener Laptop lag. Papierstapel, ein Pappkarton voller Päckchen mit Q-Tips, Zahnstochern und Heftpflastern; Sockenknäuel; von einer Schiffslaterne an einer Wand baumelte eine erhängte Barbie; an der Wand gegenüber irgendein Hieronymus Bosch (*Garten der Lüste*?); auf der Musikanlage, aus der Bach rieselte, ein riesiges, blaues Plastiksparschwein ...

»Du hast aufgeräumt, wie ich sehe«, sagte Zaches.

Matzbach ging zur Cordcouch, räumte *en passant* zwei Cordsessel frei (Klamotten von einem, einen Humidor vom anderen) und sagte irgendwas von Beleidigungen und »setzen, Jungs«.

Zaches, furchtlos oder abgestumpft, hockte sich neben Baltasar auf die Couch; Masud und ich nahmen die beiden befreiten Sessel.

»Wein?« Matzbach deutete auf die offene, fast volle Flasche; sie stand auf dem Couchtisch zwischen Honig, Marmelade, einem halben Baguette, einem karrenradgroßen Aschbecher, einer vermutlich alten Papierschere, Notizbüchern, zwei Füllern, einem Tintenroller und Gläsern. Es waren bauchige Rotweingläser, und sie waren sogar sauber.

»Was gibt's denn?« sagte Zaches. Er beugte sich vor, schielte auf das Etikett und pfiff leise. »Vega Sicilia, bei allen Göttern!«

Matzbach grinste. »Burgunder haben mir die Ärzte verboten.«

»Sie haben dir Alkohol in jeder Form verboten.«

»Vega Sicilia ist kein Alkohol, sondern Medizin. Also halt die Klappe und gieß dir ein.«

Zaches griff zur Flasche. Ich betrachtete seine großen, überaus kräftigen Hände, mit denen er – wenn die Erzählung stimmte – Hegel gründlich liebkost hatte. »Ihr auch?« sagte er.

»Gibt's Wasser? Ich hab länger nix gegessen, aber dafür Kölsch getrunken«, sagte ich.

»Ich bitte auch Wasser. Ihr wißt, der Prophet ...« Masud sah sich um. »Oder gibt's keins?«

Matzbach langte unter den Couchtisch und förderte einen der klassischen Plastikcontainer von Vittel.

Zaches schnüffelte an seinem Glas, trank einen Schluck, kaute darauf, schmatzte und sagte: »Nu, und? Was hast du rausgekriegt?«

Baltasar seufzte. Als er das rechte Bein ausstreckte und auf den Tisch legte, sah ich, daß die helle Hose einiges an Wein und Zigarrenasche konsumiert hatte. Und daß er keine Socken trug. Dafür waren die Füße – der eine jedenfalls, der nun auf dem Tisch prangte – behaart und sauber, und die Zehen waren anmutig wie die eines wohlgenährten Babys.

»Ihr zuerst«, sagte er. »Meine Erkundigungen waren so teuer, daß ich zuerst noch ein Weilchen still vor mich hinjammern und überlegen muß, ob es dies alles wert ist.«

»Hat dein Hacker denn was rausgekriegt?« sagte Zaches.

»Hat er. Es gefällt mir nicht besonders. Weder das Ergebnis noch der Preis. Sprecht, ihr Söhne ruhmloser Eltern.«

Zaches hob die Schultern. »Masud? Magst du anfangen?«

Der Usbeke spülte sich den Mund mit Wasser. Dann sagte er: »Ich habe nicht viel zu berichten. Im Prinzip Bestätigungen, aber die sind ja vielleicht ganz nützlich.«

»Wer das Nutzlose lange genug bestätigt, bekräftigt des Pudels Kern, statt ihn zu knacken«, sagte Matzbach. Er kratzte die graue Steppe seiner Brustbehaarung, die aus dem offenen, grünen Hemd quoll.

»Versteh ich nicht«, sagte ich.

»Ich auch nicht.« Baltasar grinste mich an. »Macht sich aber gut, oder? Weiter, bitte, Fürst der Steppe.«

Masud zwirbelte das Weinglas; das Wasser begann zu kreiseln, ohne herauszuschwappen. »Hegel und Nawazish waren heute mittag in Bergheim bei diesem Italiener. Willst du wissen, was sie gegessen haben? Nein? Na gut. Sie haben jedenfalls gegessen, und dabei haben sie sich ein bißchen gestritten, sah aber nicht wirklich ernst aus. Danach waren sie in Abromeits Büro, ungefähr eine Stunde. Dann sind sie nach Kerpen gefahren und in ein Haus gegangen, vor dem ein Mercedes stand, ein SUV« – er sagte *Suff* – »mit belgischem Kennzeichen. Halbe Stunde, länger waren sie nicht drin. Nächste Station war das Sportzentrum am Rand von Ehrenfeld, wo die Jungs ihre Muskeln pflegen. Ah, die ganze Zeit nur in einem Auto, Hegels CC. Nawazish und er haben die Muskelbude gemeinsam verlassen, Nawazish ist zu Fuß von da weg, er wohnt ja in der Nähe, und Hegel ist zur *Furt* gefahren, um mit BoBo zu reden. Ich bin ihm gefolgt und auf dem Parkplatz geblieben, bis er abgefahren ist. Kurz vorher ist Zaches angewatschelt gekommen.«

»Ich watschele nicht«, sagte der Zwerg. »Ich schreite. Ich war in der Hütte und hab dies und das angerichtet. Dann bin ich zur Kneipe. Sah nicht so aus, als ob ihr besonders liebevoll miteinander geredet hättet, BoBo.«

»Haben wir auch nicht. Angeblich wollte oder sollte er mir noch mal auf den Zahn fühlen.«

Matzbach verzog den Mund. »Immer diese ausgelutschten, eh, ausgekauten Redezähne. Zahnwendungen. Wieso ›angeblich‹?«

»Ich glaube, die wollen mich sowieso nicht. Unabhängig von allem, was Hegel da vielleicht noch aus mir rauskriegen soll.«

»Hast du denn aus ihm was rausgekriegt?« sagte Zaches.

Ich schüttelte den Kopf.

»Überhaupt nichts?«

»Nee. Der ist sehr vorsichtig. Nicht bloß Muskeln, er hat auch Grips.«

»Okay«, sagte Baltasar. Er richtete sich auf, langte nach seinem Weinglas, trank einen resoluten Schluck und nahm eine bereits vor unserem Eintreffen beschnittene Zigarre aus dem Kästchen, das neben ihm auf der Couchlehne stand.

»Du sollst nicht rauchen«, sagte Zaches.

»Zwölftes Gebot«, knurrte Matzbach. »Du sollst mir keine Vorschriften machen.«

»Was ist das elfte?« sagte Masud.

Baltasar grinste. »Du sollst dich nicht erwischen lassen.« Er riß ein überlanges Streichholz an und entzündete den Stumpen. Es war ein helles Objekt, und es roch karibisch. Ich konnte das Kästchen nicht sehen, und mit den Bauchbinden kenne ich mich nicht aus; vielleicht war es eine Davidoff. Ich zog meinen Tabak aus der Brusttasche und begann zu drehen.

»Also, mein kostspieliger Hacker«, sagte Matzbach. »Ich erspare euch die Reden, die er über die Legalität des Verfahrens gehalten hat. Bloß albern, hab ich ihm auch gesagt.«

Masud lächelte. »Das glaub ich gern. Ein virtueller Einbrecher, der seinem Auftraggeber mitteilt, Einbruch sei strafbar? Ziemlich albern.«

»Wahrscheinlich wollte er nur den Preis hochtreiben«, sagte Zaches.

»Wollte er. Hat er. Teilweise. Nun ja, also. Er sagt, was dich und deine Leute angeht, Masud, kriegt er nicht viel raus. Offenbar arbeitet ihr weitgehend ohne Netz.«

»Und ohne doppelten Boden.« Jetzt grinste Masud. »Das meiste machen wir mündlich, und hin und wieder benutzen wir die guten, alten, verlorenen Zettel und tote Briefkästen und so was. Aber warum hast du den denn auf uns angesetzt?«

»Ich bin ein ungewöhnlich zutrauliches Kerlchen, aber manchmal gelingt es mir, meine Leichtgläubigkeit eben noch zu mindern.«

»Na gut. Und?«

»Vor allem wollte ich gern wissen, ob man vielleicht, gewissermaßen von der Seite, zu dieser anderen Truppe gelangen kann. Den Leuten, mit denen Oswin möglicherweise zu tun hatte.«

»Was sind das für Leute?« sagte ich. »Wißt ihr denn über Oswin mehr, als ihr mir bisher gesagt habt?«

Zaches gluckste. »Meinst du, der Dicke sagt einem alles, was er weiß?«

»Damit wäre ich zu lange beschäftigt und hätte am Ende Fransen in der Zunge«, sagte Matzbach. »Nicht zu reden von den flappenden Gaumen, die sich ergäben, wenn ich euch etwa mitteilen wollte, was ich alles *nicht* weiß. Oswin hat irgendwas gemacht – keine Ahnung, was genau. Er oder die Leute, mit denen er das zusammen gemacht hat, sind nämlich im Netz ebenso wenig zu finden wie du und dein Pack, Masud.«

»Google und Facebook und Co haben von euch nicht viel, wie?« sagte Zaches. »Wie wäre es denn, wenn du uns heute noch sagst, was der Hacker rausgekriegt hat, statt bis morgen früh über das zu faseln, was nicht zu ermitteln ist?«

»Schon recht, Sie Überzwerg. Kurz gesagt: Ich habe den Hacker durch geduldiges Zureden und gelegentliche Tritte dazu gebracht, Passagierlisten von Flügen zu knacken.«

»Und?«

»Nichts. Wir wissen, weil Masuds Leute das beobachtet haben, daß Abromeit, Hegel und ein paar andere vor zwei Wochen zum Flughafen gefahren und dort verschwunden sind. Abgeflogen. Vier Tage später waren sie wieder da. Leider unbeobachtet, deshalb wissen wir nicht, wann und wie sie zurückgekommen sind. Sie tauchen aber auf keiner Liste auf.«

Ich räusperte mich. »Seidler oder seine, sagen wir, Organisation hat doch bestimmt einen Privatflieger, oder?«

»Kluges Kerlchen.« Baltasar gönnte mir eine Art Lächeln; es bestand aus gebleckten Zähnen und einer Qualmwolke.

Viel Herz war nicht dabei. »Ein Learjet ist von Köln Richtung Tiflis abgeflogen. Tiflis ist entweder besser geschützt oder unordentlich, da war nichts rauszukriegen. Aber« – er beugte sich vor und grinste dabei – »innerhalb der fraglichen vier Tage hat sich eine solche Privatmaschine acht Stunden lang auf dem Flughafen von Islamabad aufgehalten.«

»Landen, tanken, essen, eine Konferenz, Abflug?« Masud spitzte den Mund. »Und Nawazish war nicht dabei – jedenfalls haben unsere Leute ihn nicht gesehen, zusammen mit Abromeit und Hegel, meine ich.«

»Kann es sein, daß Islamabad für einen abgesprungenen ISI-Mann ein bißchen gefährlich ist?« sagte ich.

»Kann sein.« Matzbach wackelte mit dem Kopf. »Kann auch sein, daß er von hier aus alles vorbereitet hat. Leute kontaktieren, irgendwohin bestellen. Es gab ein paar Mails zwischen Abromeits Büro und Islamabad, aber die waren auf Urdu.«

»Kannst du denn kein Urdu?» Zaches tat verwundert. »Ich dachte, du kannst und weißt alles.«

»Die Menge meines Nichtwissens«, sagte Matzbach hoheitsvoll, »ist zweifellos beeindruckender als der Minimalismus deiner Kenntnisse.«

Von irgendwo hörte ich ein seltsames Geräusch, eine Art schepperndes Zirpen. Ich drehte den Kopf und stellte fest, daß es von dort kam, wo ich meine Jacke abgelegt hatte. Ich stand auf, ging hin und holte das von Matzbach gestiftete Prepaid-Handy heraus. Nun, außerhalb der Jackentasche, hatte der Klang etwas von einer angesägten Tonleiter.

Während ich auf das Display schaute und Coralies Nummer sah, hörte ich im Hintergrund Matzbach sagen: »Klingt wie ein Kristallzwerg, der die Treppe runterfällt, oder, Zaches?«

»Wo steckst du?« sagte ich in den Apparat.

»Zu Hause. Du, mir ist was eingefallen. Wir müssen uns sehen.«

»Eingefallen zu deinen Erinnerungslücken?«

»Ja.«

»Kannst du es mir nicht am Telefon sagen?«

Sie zögerte; dann sagte sie: »Lieber nicht.«

»Na gut. Moment.« Ich wandte mich an die anderen. »Coralie ist was eingefallen. Ist aber nicht am Telefon zu erörtern.«

Masud hob die Hand. »Soll ich dich irgendwo absetzen?«

Ich warf einen Blick auf die Uhr. Es war kurz nach elf. Ich hob das Handy ans Ohr und sagte laut: »Wenn mich jemand fährt und es dir paßt, könnte ich gegen zwölf bei mir sein.«

Masud nickte. Coralie sagte: »In Ordnung; ich fahr gleich los. Bis bald.«

»Wir haben eigentlich erst angefangen mit den Funden«, sagte Matzbach. »Dann müssen wir den Rest eben morgen besprechen. Im Wald und auf der Heide oder so. Ich bin gegen Mittag da.«

»Bis dann. Und danke fürs Wasser.«

Matzbach schüttelte sich. »Du weißt, was W.C. Fields gesagt hat?«

»Weiß ich, aber manchmal muß man Fische ignorieren.«

Baltasar schnipste plötzlich. »Moment. Ich hab noch was für dich. Deine telefonische Anfrage. Die Telefonseelsorge hat geantwortet.« Er langte nach dem Zigarrenkästchen; darunter klemmte ein Zettel, den er mir reichte.

Zaches stand auf. »Kannst du mich mitnehmen, Masud? An der Hütte absetzen?«

»Kein Problem.«

13. Kapitel

Nach dem formlosen Abschied gingen wir ziemlich schnell zum fernen Auto. Masud sagte, er wohne in einem Kaff außerhalb von Frechen, deshalb sei es für ihn kein großer Umweg, Zaches und mich südlich von Erftstadt in der Pampa zu deponieren.

»Kommen wir hier noch an 'ner Dönerbude oder so vorbei?« sagte ich. »Ich müßte mal was essen.«

Masud hob die Schultern. »So gut kenn ich mich nicht aus. Vor allem weiß ich nicht, wie das mit den Öffnungszeiten ist.«

»Hamburger?« sagte Zaches. »Paar hundert Meter von hier gibt's 'nen Burger King.«

»Notfalls auch das.«

Wie sich herausstellte, hatten die beiden anderen auch Hunger. Wir aßen im Fahren; Masud deponierte seine Köstlichkeit zwischen den Bissen auf dem Oberschenkel; seine Hose, sagte er, müsse sowieso gewaschen werden.

Natürlich redeten wir über die Angelegenheit und das, was Matzbach möglicherweise noch beitragen konnte. Es war aber unergiebiges Spekulieren, und als wir kurz nach Mitternacht Kaffhausen erreichten, waren wir nicht wesentlich klüger.

Masud gähnte, als wir vor »meinem« Haus hielten. »Raus«, sagte er. »Gibt's bei dir notfalls gleich noch 'nen Kaffee?«

»Kein Problem.«

»Okay, dann bring ich Zaches in den Wald und komm gleich wieder. Zehn Minuten oder so.«

Ich stieg aus und schaute mich nach Coralies Polo um, konnte ihn aber nirgends entdecken. Auf dem Weg vom Törchen zur Haustür sagte ich mir, daß sie vielleicht noch irgendwas eingepackt oder von Nideggen her pittoreske Umwege genommen hatte.

Zwei Schatten tauchten aus dem Gebüsch neben dem Gartenweg auf. Ehe ich reagieren konnte, hatten sie mich bei den Armen gepackt und hielten mich fest. Der dritte Schatten, der zu uns trat, baute sich vor mir auf. Die nächste Laterne und der halbe Mond gaben gerade genug Licht, daß ich Hegel erkennen konnte.

»Hör zu«, sagte er leise. Er rammte mir die Faust in den Magen, und ich klappte vornüber. Wollte zusammenklappen und zusammensacken, aber die beiden anderen hielten mich aufrecht.

»Halt dich raus.« Der zweite Schlag. Ich würgte und keuchte. »Du weißt nichts und hast nichts gesehen, klar? Und der Umgang mit gewissen Zwergen ist ungesund.«

Die beiden anderen ließen mich los. Ich taumelte vornüber, und Hegels Faust, wahrscheinlich auf mein Kinn gezielt, schrammte mir über die linke Wange.

Sie ließen mich liegen und gingen zur Straße. Ich krümmte mich und würgte den Hamburger und alles andere aus, was ich in den letzten Stunden zu mir genommen hatte.

Dann hörte ich eilige Schritte und Coralies Stimme. »He, was macht ihr da? Was soll ... Loslass...«

»Packt sie ein«, sagte Hegel. Er klang beinahe fröhlich, soweit ich das durch das Rauschen in meinem Schädel hören konnte. »Die brauchen wir sowieso.«

Ich hörte unterdrückte Geräusche, wie von Kleidern an zappelnden Gliedmaßen und von Protesten gegen eine Hand, die jemandem den Mund zuhält. Schritte. Wagentüren. Ein Motor sprang an. Ein Wagen fuhr weg. Stille.

In der Nachbarschaft regte sich nichts. Die meisten waren ja ohnehin in Ferien, Hegel und Konsorten hatten nicht gerade gelärmt, und die anderen Nachbarn schliefen entweder schon oder hockten vor den Fernsehern und hatten nichts gehört.

Ich machte eben den dritten Versuch, aus meiner selbstproduzierten Pfütze aufzustehen, als ein Wagen hielt; Sekunden später kniete Masud neben mir.

»Du wolltest doch Kaffee machen«, sagte er. »Irgendwas stimmt nicht mit deiner Koordination.« Er half mir auf die Beine. »Wo ist der Schlüssel?«

Ich krümmte mich wieder. Mein Magen war deutlich unwirsch, und etwas Warmes rieselte mir über die linke Wange. Ich tastete nach dem Schlüsselbund und gab ihn Masud.

Zwanzig Minuten später hatte ich mich notdürftig gereinigt, meine zweite Jeans und ein frisches T-Shirt angezogen und versuchte, eine Zigarette zu drehen.

Masud goß mir Kaffee ein. »Nette Schramme«, sagte er mit einem Blick auf meine Wange. »Soll ich ...«

»Später. Was jetzt?«

Da es mit der Zigarette einigermaßen geklappt hatte, drehte ich gleich noch zwei. Masud setzte sich rittlings auf einen Küchenstuhl und nippte an seinem Becher.

»Ich hab ein bißchen telefoniert«, sagte er.

»Mit wem?«

»Matzbach und Zaches. Und jetzt ruf ich Nawazish an.«

»Was habt ihr vor?«

»Wirst du gleich hören. Zaches hat inzwischen mit Hegel gesprochen. Nehm ich an; jedenfalls wollte er es versuchen. Und Matzbach hat irgendwie Abromeits Handynummer rausgekriegt.«

»Jesses«, sagte ich, »die hätt er von mir kriegen können.«

»Du solltest mit den Namen der Propheten nicht so leichtfertig umgehen.« Masud grinste, trank noch einen Schluck Kaffee, nahm sein Handy und rief eine offenbar gespeicherte Nummer an.

Es dauerte. Ich hatte mir die erste Zigarette angezündet, als sich der Angerufene meldete. Masud hielt das Gerät nicht fest ans Ohr gepreßt; ich konnte zwar Geräusche hören, aber nichts verstehen. Ein Name, ein Urdu-Fluch, ein Farsi-Segen?

»Masud hier«, sagte der Usbeke. »Ja, ich weiß, es ist spät. Und ich spreche Deutsch, damit ein paar Leute mithören können. Hegel hat das Mädchen, Coralie. Abromeit müßte inzwischen wissen, daß wir ... Nein, *du* hörst du! Wir haben einen Zeugen, der gesehen hat, wie du Roggendorf neben der Kneipe ... Ja, auch schriftlich. Und ein paar nette Informationen aus Islamabad und Peshawar. Was? Nein, *ich* rede und du hörst zu, verdammt. Morgen nachmittag, fünf Uhr, in der Hütte im Wald. Frag Hegel, der kennt die bestimmt. Ja, erinner ihn an den Zwerg. Du, Hegel, Abromeit und das Mädchen. Und sieh zu, daß ihr bis dahin nichts passiert. Was? Verhandeln, klar. Wie wir aus dem Dreck rauskommen, den ihr angerichtet habt. Fünf Uhr.«

Er legte das Handy weg und versuchte zu lächeln, aber das Ergebnis war nicht besonders überzeugend.

»Machst du nicht oft, was?« sagte ich. »Dafür klang es aber ganz gut.«

Er seufzte. »Nein, mach ich nicht oft.«

Ich dachte an Coralie. An das, was ihr alles passieren könnte. »Meinst du, die halten sich an deine, uh, Anweisungen? Was Coralie angeht?«

»Glaub ich schon. Hoff ich jedenfalls.«

»Polizei?« sagte ich ohne jede Überzeugung.

»Die haben doch in Erftstadt schon mal wen nicht finden können.« Er schnaubte. »Und wir haben keine Ahnung, wo sie die Frau hinbringen. Wo sollen wir denn suchen? Irgendwo zwischen Köln und Lüttich? Na, viel Spaß. Ich fürchte, wir werden warten müssen. Und jetzt« – er beugte sich vor und sah mir in die Augen; sein Ausdruck war plötzlich ganz hart – »wirst du mir all das erzählen, was du uns bisher verschwiegen hast.«

»Wie wär's mit Gegenseitigkeit?«

»Tja. Was willst du wissen?«

»Fängst du freiwillig an?«

»Wenn's dich motiviert ... Gib reichlich, damit dir noch reichlicher gegeben wird. Oder so.« Er lächelte. »Hat ein kluger Mann gesagt.«

»Okay. Fangen wir mit Oswin an.«

Masud bewegte den Oberkörper, als sei ihm unbehaglich. »Kann ich dir nur ungefähr sagen.«

»Kannst du nicht? Willst du nicht? Darfst du nicht?«

»Von allem was. Ich darf zwei oder drei Namen nicht nennen. Von Leuten und, eh, Organisationen. Aber du kannst dir ja was denken.«

»Mach ich. Wie ist er damals verschwunden?«

»Special Forces«, sagte Masud leise.

»Welche? Unsere? Die Amis?«

»Genauer geht nicht.«

»Na schön. Weiter.«

»Oswin war mit Sondererlaubnis unterwegs. Ist ja für euch riskant da, aber er ist mit Hamid zu dessen Leuten. War am anderen Ende des Dorfs, als die Hamid geholt haben. Und er hat ein paar Gesichter gesehen. Dann das übliche – gründliche Befragung, Untersuchung, der ganze Aufwand. Dann haben sie ihm, weil er dies und das weiß und seit der Kindheit gute Kontakte nach Belgien hat; und die nötigen Sprachkenntnisse ... also, sie haben ihm ein Angebot gemacht, das er nicht ablehnen konnte.« Er grinste flüchtig.

»Ach, eins von denen.«

»Genau. Sie haben ihm irgendwo im Knick zwischen Frankreich, Belgien und Luxemburg, sagen wir allgemein Lothringen, ein Häuschen und Auto und Geld gegeben. Damit er unauffällig zweierlei macht. Nicht allein, natürlich – sagen wir: damit er mitmacht.«

Ich nickte. »Ich schätze mal, das eine ist, Ausschau nach möglichen Dschihadisten halten. Taliban-Spezis.«

»Ja. Und das andere: Er sollte bei uns mitmachen.«

»Ah. Euer Netz zur Eingliederung von, mhm, Kollaborateuren?«

»Damit die ein bißchen aus der Schußlinie sind, muß das ziemlich diskret erfolgen. Und weit verstreut. Sonst findet jedes Mordkommando die ja sofort.«

»Er hat also im Prinzip zu deiner Truppe gehört?«

Masud nickte.

Ich überlegte einen Moment. »Dann ist aber alles, was Matzbach mir erzählt hat, der reine Schwindel. Von wegen, Oswin für Verwandte suchen und so. Ihr habt doch gewußt, wo er ist.«

»Ja und nein.« Masud blickte halb trotzig, halb verlegen. »Er war tatsächlich ein paar Tage verschwunden, und da wurden dann einige Leute unruhig.«

»Okay«, sagte ich. »Inzwischen hab ich aus anderer Quelle erfahren, daß er bei dem Haus von Anwalt Arndt irgendwas kontrollieren sollte. Angeblich. Hat er da mit Benzin und Streichhölzern gespielt?«

Masud hob die Schultern. »Weiß ich nicht genau; diese Sache hab ich nur so am Rande mitgekriegt. Ich glaub aber,

Oswin sollte da nur aufpassen, daß alles so läuft wie vorgesehen.«

Ich holte tief Luft, zündete mir eine neue Zigarette an und sagte: »Genug Kaffee; ich glaub, ich brauch jetzt was anderes. Du auch?«

»Der Prophet, du weißt ...«

»Ich weiß. Wasser für dich, ich nehm 'nen Cognac.«

Offenbar nutzte Masud die Zeit, in der ich die Getränke beschaffte, zu gründlichem Denken und Vorformulieren. Als ich mich wieder gesetzt hatte, starrte er auf meine Nasenspitze, wo sich offenbar der Punkt seiner äußersten Konzentration befand, und begann schnell und beinahe druckreif zu sprechen.

Anwalt Arndt, sagte er, sei einer der wichtigsten juristischen Helfer der Truppe. Vielleicht gewesen. Und nicht nur der Truppe, er habe auch mit den beteiligten offiziellen Stellen in mehreren Ländern kooperiert. (Ich dachte an BND, CIA, MI 6, Deuxième Bureau, sagte aber nichts.) Jurist, auch befaßt mit Wirtschaftsfragen im Großraum Köln, der hin und wieder zufällig an interessante Informationen gelangte. Und diese weitergab.

»Keine Ahnung, was da genau passiert ist, aber offenbar hat er 'nen Fehler gemacht, oder jemand hat ihn bei was beobachtet. Jedenfalls ist er bedroht worden, hat ein paar Tage unter ziemlich aufwendigem Schutz die wichtigsten Dinge abgewickelt und ist dann verschwunden, angeblich in Urlaub. Am Schluß hat er dann wohl festgestellt, daß er es nicht mehr schaffen wird, alle problematischen Unterlagen verschwinden zu lassen. Oder er hatte was vergessen; kann auch sein. Jedenfalls hat er einen Freund angerufen, noch vom Flughafen aus, und ihm gesagt, er soll irgendwie dafür sorgen, daß das Haus gesprengt wird oder ausbrennt oder so.«

»Hilfe«, sagte ich schwach. »Ziemlicher Aufstand. Hätten denn nicht die Leute, die ihn geschützt haben, alles wegbringen können?«

»Nee«, sagte Masud. »Konnten wir nicht. Und die, eh, amtlichen Stellen konnten nichts machen, weil die andere Seite nicht gewarnt werden durfte.«

»Wer ist die andere Seite?«

Masud gähnte. »Seidlers Pack.« Er stand auf. »Das soll dir Matzbach erklären; ich kann nicht mehr. Außerdem weiß ich davon zu wenig. Ich fahr jetzt. Sonst bin ich morgen nicht zu gebrauchen.«

»Stop«, sagte ich.

Er setzte sich wieder. »Was denn noch?«

»Das reicht mir alles nicht. Und – wie geht's morgen weiter?«

Masud rieb sich die Augen. »Ich sehe schon, das wird eine lange Nacht.«

14. Kapitel

»Junge, Junge. Du siehst aus wie der FC nach dem 1:8 in Dundee.« Gereon stemmte die Fäuste in die Hüften und sah mich über die Hecke an.

»Wann war das?«

»Zweiundsechzig.«

»Bei mir war's gestern abend. Nacht. Au.« Ich hatte mich unvorsichtig vorgebeugt; ein Buchenzweig piekste mich dort, wo zwischen Magen und Rippen demnächst ein prachtvoller Bluterguß zu sehen sein würde. Ich nahm mir vor, nicht zu oft in den Spiegel zu schauen.

»Meinungsverschiedenheiten, wie?« Er tastete nach seinem Päckchen Roth-Händle, aber die Brusttasche war leer. »Moment, wo hab ich denn ...?«

»Hast du 'n paar Minuten Zeit? Ich mach grad neuen Kaffee und würd dich gern was fragen.«

Er kniff die Brauen zusammen. »In Sachen ...?«

»Meinungsverschiedenheiten.«

»Frauen? Politik? Sport?«

»Politik.«

»Weißt du, was Einstein gesagt hat, als man ihm erzählte, sie hätten die erste Atombombe gezündet?«

»Nee.«

»Was ich jetzt auch sage: Oi wai.« Gereon grinste. »Von wegen Politik und Schrammen. Okay. Ich komm gleich rüber.«

Ich ging langsam zurück zum Haus und warf die Kaffeemaschine an. Sie hatte ihre Arbeit noch nicht beendet, als Gereon auf der Terrasse erschien.

»Draußen oder drinnen?« sagte er.

»Besser drinnen.«

»Draußen zu heiß?«

»Nee, drinnen weniger Zuhörer.«

Er nickte. »Auch ein Gesichtspunkt. Aber – da ist doch keiner. Nebenan, mein ich.«

»Bei bestimmten Meinungsverschiedenheiten kann man nicht vorsichtig genug sein.«

Er schloß die Tür zur Terrasse und setzte sich an den Küchentisch. »Na, Mann, dann schieß los.«

»Moment. Geht mit Kaffee besser.« Ich drehte ein paar Zigaretten, während die Maschine ausröchelte. Dann stellte ich Milch und Zucker hin und setzte mich Gereon gegenüber.

»Kann sein, daß heute nachmittag ein bißchen Kavallerie nötig ist«, sagte ich.

»Wie meinst du das?«

»Die Ballerei vorgestern. Du hast mir da was vom Bären erzählt.«

»Kannst du das ein bißchen erläutern? Was für ein Bär?« Er lächelte dabei, aber der gemütliche rheinische Tonfall war verschwunden. Gereon sprach Hochdeutsch und wirkte überhaupt nicht mehr wie der harmlose Gärtner und FC-Fan von nebenan.

Ich sah ihm in die Augen. »Ich leg mal die Karten auf den Tisch«, sagte ich.

»Alle?«

»Die meisten.«

»Okay. Und zwar?«

»Ich war auf der Terrasse der *Furt*. Die Kneipe war zu; Helga und Mick haben ein paar Tage freigemacht.«

Gereon nickte.

»Zu dem Zeitpunkt hat ein kräftiger Westwind geweht.«

»Kommt hier ja öfter vor.«

Ich war nicht sicher, bildete mir aber ein, daß sich seine Mundwinkel kaum merklich hoben.

»Der alte Kolberg, neben dem Weg zur Erft ...«

»Der mit der ewig langen Buchenhecke?«

»Genau der. Hat für sein Alter scharfe Ohren. Er sagt, er wär zu Hause gewesen. Und wenn in der *Furt* richtig was los ist und der Wind richtig steht, kriegt er das Gelächter und die Musik und überhaupt was mit.«

»Freut mich für ihn; dann langweilt er sich nicht so.«

»Du hast mir was von der Ballerei erzählt, und irgendwer hätte darüber geredet und die Polizei gerufen. Wenn aber nicht mal Kolberg, der im Prinzip am nächsten wohnt, etwas gehört hat, und die Polizei von nichts weiß ...« Ich machte eine Pause.

»Bist du sicher, was Kolberg angeht?«

»Hat er mir gesagt. Und ich hab ziemlich leise, von ihm weg, was geantwortet, und das hat er mühelos verstanden. Also, er ist nicht schwerhörig. Er hat kein Geballer gehört. Weil Westwind war. Zur *Furt* hin. Also hat auch kein anderer was gehört, und soweit ich weiß, hat niemand darüber geredet. Sonst hätte vielleicht wirklich irgendwer die Polizei geholt. Die war aber nicht da.«

»Tja«, sagte Gereon. »Muß ich mir wohl eingebildet haben.«

»Kann es sein, daß du in der Nähe warst?«

Er holte tief Luft. »Hätt ich denn dann nicht die Bullen alarmiert?«

»Nicht, wenn du was mit der Sache zu tun hast.«

»Wie sollte ich? Was für 'ne Sache überhaupt?«

Ich lachte. »Paß auf, du mußt mir jetzt keine genauen Auskünfte geben; darfst du wahrscheinlich nicht. Ich will dir aber was erzählen. Ein paar ... sagen wir mal: Bekannte. Also,

Bekannte von mir mit einem guten Draht zu gewissen Stellen haben rausgekriegt, daß es in Merl – BKA, weißt du – mal einen Gereon Hemmersbach gab.«

Gereon grinste. »Netter Name. Kennst du eigentlich die Burg? Sehenswert.«

»Nee. Dieser Hemmersbach war guter Raucher und FC-Fan; angeblich hat ein Onkel oder so, jedenfalls Namensvetter von ihm, da mal gespielt.«

»Matthias, ja.«

»Als die allgemeines Rauchverbot im Gebäude verhängt haben, ist Hemmersbach vorzeitig ausgeschieden, arbeitet aber angeblich hin und wieder noch, frei, könnte man sagen.«

Gereon spielte mit seinem Zigarettenpäckchen. »Interessant. Und weiter?«

»Im Express stand dieser Tage was von ›Polizei vermutet Auseinandersetzung zwischen Hehlerbanden‹ oder so, im Zusammenhang mit dem Anschlag auf das Haus von Anwalt Arndt. Vielleicht ging es auch um was anderes. Aber wenn es schon länger Vermutungen gibt, könnte es doch sein, daß irgendwer hier Auge und Ohr des unsichtbaren Gesetzes spielt. Der würde dann vielleicht auch eine Schießerei bei der *Furt* mitkriegen, von der sonst keiner was weiß.«

Gereon klopfte eine Zigarette aus dem Päckchen, zündete sie an und sagte: »Der möchte dann aber auch wissen, was gewisse Haushüter da verloren haben, wo geballert wird. Und warum sie hinterher von nichts wissen.«

Ich griff zur Kaffeekanne. »Nachschub? Jemand hat mir dieser Tage was von einem Zwei-Pfeifen-Problem oder so erzählt. Ich glaube, wir haben hier mindestens ein Drei-Kaffee-Gespräch.«

»Das fürchte ich auch«, sagte er. »Was ist das mit der Kavallerie?«

Gegen vier machte ich mich auf den Weg zum Wald. Ich ging nicht über die Straße zum Parkplatz, sondern aus dem Garten am Feld entlang und dann mehr oder minder querbeet; der schmale Pfad, dem ich in den Wald folgte, war vermutlich so etwas wie eine Wildschweinallee oder Rehrennbahn.

Ich dachte über diese und ähnliche Wörter nach, wobei ich mich bemühte, leise zu treten, alles zu hören und nichts zu übersehen. Als ich von der Rehrennbahn zur Rehrutsche gelangt war und von dort über Hirschhopser und Dachsdriesch zur Schnepfenchaussee, näherte ich mich bereits von hinten der Hütte. Peugeot und Citroën waren nicht zu sehen; vermutlich standen sie auf dem Parkplatz vor dem Wald. Ich mußte ein Brombeerverhau umgehen und durch kniehohe Brennesseln waten; dabei sah ich Zaches, der hinter einem niedrigen Erdwall auftauchte und zwei Schaufeln oder Spaten zur Hütte brachte.

»Freizeitbeschäftigung?« sagte ich, als ich noch zehn Meter von ihm entfernt war.

Ich hatte erwartet, daß er zusammenzucken oder einen Zwergenveitstanz aufführen würde, aber er sagte nur: »Wenn du mich überraschen willst, solltest du nicht so trampeln. Komm rein, wir sind eigentlich so weit.«

»Wie geht's jetzt weiter?«

Matzbach öffnete die Hintertür der Hütte, kam auf die Veranda, auf der vor nicht allzu langer Zeit meine nassen Klamotten hatten trocknen dürfen, und nahm die Zigarre aus dem Mund.

»Es geht so weiter, wie es weitergeht, Söhnchen«, sagte er. »Nachdem wir die Dinge beschleunigt haben, wollen wir uns auf die Vollbremsung einrichten.«

Er sah viel besser aus als an dem Tag, an dem ich ihn über die Straße hatte schlurfen sehen. »Diese kriminelle Aktivität scheint dir zu bekommen«, sagte ich.

»Pah. Es gibt Stützgifte, ohne die ich nicht funktioniere.« Er hielt die Zigarre hoch und hauchte einen Kuß auf das feuchte Ende. »Hinterher bringen sie mich bestimmt um, aber bis dahin will ich noch was davon haben.«

»Wovon?«

Er grinste. »Vom langwierigen Untergang des Hauses Matzbach.«

Drinnen saß Masud am Tisch und sortierte Gegenstände. Ich trat näher und sah, daß es sich um Waffen handelte: ein Blasrohr, eine Armbrust, eine Hellebarde, zwei Pistolen, ein Spazierstock mit Elfenbeingriff, eine Machete, ein Kompositbogen samt pfeilgefülltem Köcher und ein älteres M-14-Gewehr; allerdings konnte es sich auch um die chinesische Version handeln.

»Du liebe Zeit«, sagte ich. »Was habt ihr denn mit dem Arsenal vor? Und gab's nichts Neueres?«

Masud streichelte den Griff der Machete. »Ist doch nett, oder? Vielleicht können wir damit ja jemanden erschrecken.«

»Na ja. Ich weiß nicht, wie schreckhaft unser Besuch ist.«

Zaches und Matzbach kamen in die Hütte. »Vollzählig«, sagte der Zwerg. »Jetzt können wir nur noch warten.«

»Ich hätte noch etwas zu melden«, sagte ich.

Baltasar musterte mich; ich bildete mir ein, so etwas wie Skepsis in seinem Blick zu lesen. Vielleicht einwilligende Verweigerung. »Was denn?«

»Ich hab mit dem alten BKA-Mann gesprochen.«

»Diesem« – Matzbach schnipste – »wie heißt er gleich? Dieser Fußballraucher?«

»Hemmersbach.« Ich lachte. »Werd ich ihm erzählen. Fußballraucher. Klingt gut.«

»Und? Was hat er gesagt?«

»Er hat keine Geheimnisse ausgeplaudert. Aber er will zusehen, daß er ein bißchen Kavallerie auftreibt. Allerdings kaum vor halb sechs.«

Masud war zu einem der vorderen Fenster gegangen. »Kavallerie klingt gut«, sagte er über die Schulter. »Die sollten sich aber besser beeilen. Unsere lieben Gäste haben offenbar beschlossen, uns ein bißchen früher zu überraschen.«

»Mist«, sagte Zaches.

Matzbach nahm den Spazierstock mit Elfenbeingriff an sich, der eigentlich nicht zu den Waffen paßte. »Ich bin reif fürs Greisendepot, ein alter Mann«, sagte er aufgesetzt weinerlich, »und ich brauche das, um mich darauf zu stützen.«

»Sie sind gleich da.« Masud bückte sich am Fenster, als ob er ungesehen bleiben oder feststellen wollte, ob da draußen noch mehr Fauna unter Büschen herumkroch. »Abromeit, Hegel, Nawazish, Coralie, zwei Jungs, die ich nicht kenne, und weiter vorn im Wald sind mindestens noch drei oder vier.«

»Ganze Armee, was?« Matzbach stützte sich auf seinen Stock und grinste breit. »Mal sehen, wie's läuft.«

»Ich glaube, ihr seid alle wahnsinnig«, sagte ich. Aus der Innentasche meiner Jacke holte ich das Handy, drückte die Wahltaste, wartete einen Moment und legte das Gerät auf ein Wandbord.

Zaches hatte es beobachtet. »Was wird das?«

»Ein offener Kanal«, sagte ich laut. Und dann, leiser: »Die peilen uns an und hören mit.«

»Wieso können die denn nicht eher kommen?« sagte Masud.

»Gereon kann sie nicht viel früher alarmieren. Sonst hätten sie sofort kommen und uns festnehmen und den ganzen Zirkus verhindern müssen.«

»Wer möchte das denn?« Baltasar schnalzte. »Nein, das möchten wir doch nicht. Wie sollen wir dann Coralie freikriegen?« Er grinste mich an. »Der Landrat sieht das genauso wie dein Gereon, nebenbei.«

»Ah«, sagte ich, »hast du eine Rückversicherung ...«

»Da sind sie.« Masud richtete sich auf und ging zur Tür; draußen waren Schritte zu hören. Er öffnete und sagte mit einer angedeuteten Verbeugung: »Bitte einzutreten. Aber nicht alle.«

»Wieso nicht?« Es war Abromeits Stimme; sehen konnte ich ihn noch nicht.

Zaches hatte sich auf den Tisch gesetzt und hielt das alte, amerikanische Gewehr auf die Tür gerichtet.

»Die beiden netten Jungs mit den Geschützen bleiben bitte draußen«, sagte Masud. »Es wird sonst arg eng.«

»Na schön. Wartet hier.«

Hegel trat als erster ein. Er starrte Zaches und das Gewehr an, dann Matzbach mit seinem Spazierstock, dann mich. Masud stand ein wenig seitlich; Hegel hatte offenbar beschlossen, ihn zu ignorieren.

»Was soll das?« sagte er. »Ich dachte, wir wollten friedlich verhandeln.«

»Wollen wir«, sagte Matzbach. »Masud nimmt eure Geschütze entgegen und legt sie vor die Tür; danach legt der Zwerg seine Bleischleuder beiseite.«

Abromeit tauchte in der Tür auf. »Das ist doch albern«, knurrte er. »Aber – na gut. Hegel, Nawazish, die Waffen draußen ablegen.«

»Sie auch, Meister«, sagte Zaches. Er bewegte das Gewehr, als ob er damit auf einen nach den Seiten tanzenden Schatten zielte.

»Ich bin unbewaffnet.«

»Masud!« Matzbach klang plötzlich nicht mehr freundlich.

Masud tastete Abromeit schnell ab. »Hat nix«, sagte er.

»Na denn. Masud, bleib am Fenster; wir wollen doch nicht überrascht werden. Und die anderen bitte eintreten und setzen, soweit die Stühle tragen.«

Nawazish hatte Coralies Arm umklammert; nun ließ er sie los. Coralie wandte sich ihm halb zu, als ob sie ihn anspucken wollte. Sie rieb sich die Stelle, wo er seine Greifspuren hinterlassen hatte, und kam zu mir neben den Tisch. Ihr Mund war mit einem grauen Klebeband verschlossen.

Ich versuchte zu lächeln; ich fürchte aber, es war bestenfalls eine Grimasse. »Setz dich da in den Sessel«, sagte ich. »Schön, dich zu sehen.«

»Schmusen könnt ihr später«, sagte Matzbach. »Ich stelle zu meiner Befriedigung fest, daß der erste Teil der Verhandlungen eigentlich schon vorbei ist.«

Nawazish tänzelte zur Seite. Er ließ die Arme baumeln, und ich war nicht sicher, ob er nicht doch noch eine kleine Waffe oder ein Messer hatte. Sicher war ich mir jedoch, daß ich seine geschmeidigen Bewegungen überhaupt nicht mochte. Panther, dachte ich, oder Kobra vorm Zustoßen.

Niemand wollte sich setzen. Außer Coralie, die sich in den Sessel fallen ließ, das Klebeband abriß und dann weiter ihren wehen Arm rieb.

»Wir haben unseren Teil der Abmachungen eingehalten«, sagte Abromeit. »Jetzt sind Sie dran.«

»Masud«, sagte Zaches, »übernimm du mal die Flinte.«

»Wie finden Sie unser kleines Arsenal?« sagte Matzbach.

Abromeit runzelte die Stirn. »Spielen Sie gern mit Blasrohren? Was für ein Museum haben Sie denn geplündert? Kommen Sie zur Sache, Mann!«

»Ich bring den Kram jetzt weg«, sagte Zaches. »Den brauchen wir ja nicht mehr.«

»BoBo«, sagte Coralie. »Ich platze gleich. Ich kann nicht mehr den Mund halten. Die haben mich ...«

»Das tut doch jetzt nichts zur Sache.« Abromeit klang deutlich gereizt.

»... und so einen ekligen Kleber auf den Mund, weil ich im Auto nicht die Klappe ...« murmelte Coralie.

»Hältst du mir mal die Tür auf, BoBo?« Zaches hatte Armbrust, Blasrohr, Bogen, Köcher und Machete in den Armen.

»... und weißt du, was sie mir zu essen ...« Coralie klang ziemlich wütend. Sie redete leise, aber immer schneller und ohne jede Pause.

»Moment«, sagte ich. Ich öffnete die hintere Tür; Zaches zwinkerte mir zu und ging hinaus. Ich schloß die Tür nicht hinter ihm, sondern lehnte sie nur an.

»Was ist mit Ihrem angeblichen Zeugen?« sagte Abromeit.

»Wollen Sie sich wirklich nicht setzen?« Matzbach stand immer noch mitten im Raum, auf seinen Spazierstock gestützt. »Man sollte gute Sitzgelegenheiten nicht schmähen; die Dankbarkeit des eigenen Afters könnte einem später fehlen.«

»Ich bin der Zeuge«, sagte ich.

»... und so ein schmales, hartes Bett; ich hab kein Auge ...«

»Was genau haben Sie denn gesehen? Beziehungsweise wollen Sie gesehen haben?« Abromeit starrte mich finster an; dann blickte er auf die plappernde Coralie und hob die Hände. Ich dachte, er würde sich die Ohren zuhalten, aber dann ließ er die Hände wieder fallen.

»Oswin Roggendorf«, sagte ich.

»Hat's Spaß gemacht, Nawazish?« Masud hatte sich hinter den Tisch gesetzt und richtete das Gewehr auf den Pakistaner.

»Ich finde, ein bißchen Musik wäre jetzt nicht schlecht«, sagte Matzbach.

Hegel blickte Baltasar an, dann Masud, dann mich, dann Coralie, dann wieder Baltasar. »Ist das hier ein Irrenhaus?«

Abromeit wandte sich halb zu ihm um. »Ruhe!«

»Keine Ruhe; ich muß reden, weil ich sonst platze. Und dieser Kellerraum war feucht und kalt und glitschig«, sagte Coralie.

»Oswin wollte mir etwas erzählen. An dieser Kneipe ...«

»*Die Furt*«, sagte Hegel.

»Weiß ich doch«, sagte Abromeit.

»Gutes Lokal, übrigens.« Matzbach schmatzte. »Erstklassige Bockwürstchen, und sogar ein trinkbarer französischer Landwein.«

»... zu trinken hab ich nur Wasser gekriegt ...«

»Er hatte aber noch nichts sagen können, als dieser Prolo-Benz angebraust kam und Ihre netten Jungs mit Schießen angefangen haben«, sagte ich.

»Nette Jungs tun so was eigentlich nicht.« Matzbach schüttelte den Kopf; seine Stimme klang nach mildem Tadel. Der alte Volksschullehrer, der die Tafel verschmiert vorfindet.

Ich überlegte, ob Zaches schon genug Zeit für seine Vorbereitungen gehabt hatte. »Oswin«, sagte ich, »ist dann hinter einen Baum geflüchtet, und vom Wagen aus hat jemand mit einer Kalaschnikow geschossen.«

»Ein Nachttopf«, sagte Coralie. »So 'n altes Porzellandings, nicht mal ein Klo ...«

»Apropos Klo«, sagte Matzbach. »Möchte einer der Herren mal müssen? Oder müßte jemand mögen? Oder wie?«

»Chef, die verarschen uns doch!«

»Halten Sie die Klappe, Hegel! Was haben Sie denn angeblich sonst noch gesehen?«

»Nawazish«, sagte ich. Dabei blickte ich den Pakistaner an, der Coralie mit so etwas wie Hunger betrachtete. Als ich seinen Namen nannte, schaute er zu mir. Sein Lächeln war bestenfalls geringschätzig.

»Mindestens ein Dutzend Leute kann bezeugen ...«, sagte er.

»Hilfe!« schrie Zaches von irgendwo weiter hinten. »Eine Klapperschlange! Hilfe!«

»... und die ganze Nacht dieser tropfende Wasserhahn ...«

»Oder ein Glas Wasser?« sagte Matzbach.

»Falscher Alarm!« schrie Zaches. »War nur ein Gartenschlauch.«

»Oswin ist nach links ausgewichen, und da hat Nawazish ihn erschossen.«

»Und wo haben Sie angeblich gesteckt, als Sie das gesehen haben?«

»Im Interesse aller Beteiligten«, sagte Matzbach.

»Nur eine dünne Wolldecke«, sagte Coralie.

»Sie spinnen doch«, sagte Nawazish.

»Unter den Zweigen der Trauerweide am anderen Ufer«, sagte ich. »Den Hergang hab ich aufgeschrieben und einem Anwalt zur Verwahrung gegeben.«

»Ich weiß nicht, ob ich das alles aufschreiben kann«, sagte Coralie. »Mir zittern ...«

»Sieht dir ähnlich, Nawazish.« Murad gluckste. »Der Fangschuß; wahrscheinlich hast du dir dabei die Lippen geleckt. Wie damals, bei Rustam, weißt du noch?«

»Das ist keine Verhandlung«, schrie Abromeit. »Das ist ...«

»... ganz hartes Klopapier. Quatsch, Klo – Nachttopfpapier ...«

»Ich nehme an, Hegel hatte die Kalaschnikow«, sagte ich.

»Wie kommst du darauf? Blödsinn.«

»Kalaschnikaffee? Nein?« Matzbach schüttelte den Kopf. »Es bekümmert mich. Gram und Ungemach ob der Tatsache, daß Sie meine Gastfreundschaft ...«

»Matzbach, kannst du mal eben kommen?« rief Zaches.

»Ich mag nicht mehr, ich will nach Hause, ich hab Hunger, ich will endlich schlafen«, sagte Coralie.

»Für unsere Verabredung hab ich die *Furt* genannt«, sagte ich. »Du bist nie vorher da gewesen – neuer Gast, freies Getränk, ja? Aber du hast gewußt, daß sie ein paar Tage dicht war.«

»Es reicht!« brüllte Abromeit. Ein Schritt, dann stand er vor Matzbach, packte ihn am Hemd und zerrte ihn zur Tür. Dabei achtete er darauf, Baltasar zwischen sich und der Mündung des Gewehrs zu halten.

»Und alle halbe Stunde ist jemand gekommen und hat dafür gesorgt, daß ich nur ja nicht schlafe«, sagte Coralie.

»Du warst schon aufmerksamer«, sagte Nawazish mit einem Blick zu Masud. Er griff sich ans Gesäß und hatte plötzlich eine kleine Pistole in der Hand.

Abromeit und Matzbach standen bereits vor der Tür; Matzbach sagte irgend etwas, Abromeit brüllte, ich verstand nichts, Coralie hatte die Augen geschlossen und redete wie ein Sturzbach von Folter durch Schlafentzug und bösen Träumen und klammen Klamotten, Masud zielte auf Nawazish, der auf ihn zielte, Zaches schrie Zeter und Mordio hinter dem Haus, Hegel duckte sich und rannte nach draußen, Nawazish zog sich langsam zurück und nahm die Pistole in die Linke, damit er mit der rechten Hand die Tür zuziehen konnte.

»Wozu das?« hörte ich Matzbach sagen. »Arg unfreundlich, wenn ich das mal so sagen darf.«

»Sie kommen mit, als Geisel. Bis alles geklärt ist. Hier kann man ja nicht ...« schrie Abromeit.

Masud sprang hinter dem Tisch auf; das Gewehr ließ er liegen. »Komm. Schnell.« Er streckte die Hand nach Coralie aus. »Wir müssen raus.«

Sie stand auf und nahm seine Hand. »Und außerdem hätte ich gern frische Sachen zum Anziehen gehabt, aber die ...«

Beide verschwanden durch die hintere Tür. Ich schnappte eine der Pistolen, die immer noch auf dem Tisch lagen, kontrollierte das Magazin, entsicherte und ging zur Vordertür, die nur angelehnt war.

Hegel und Nawazish hatten ihre deponierten Waffen an sich genommen und liefen zum Rand der Lichtung, wo die beiden anderen warteten. Masud hatte behauptet, im Wald wären noch mehr, aber ich konnte niemanden sehen. Matzbach und Abromeit waren noch zum Rand der Lichtung unterwegs; sie gingen sehr langsam, obwohl Abromeit an Baltasar zog. Der arme, alte Mann mußte sich auf seinen Stock stützen und schlurfte erbärmlich.

Ich öffnete die Tür halb und schoß in die Luft. Fast gleichzeitig, jedenfalls schneller, als ich es ihm zugetraut hätte, riß Matzbach am Unterteil des Spazierstocks, hatte dann einen Stockdegen in der Hand, setzte dem erstarrten Abromeit die Spitze an den Hals und zog ihn mit sich, zurück zum Haus.

Ich feuerte ein zweites Mal, diesmal vor die Füße von Nawazish, der zur Seite sprang.

Abromeit schrie: »Nicht schießen!« und ließ sich von Baltasar zum Haus ziehen.

Ich drückte mich links gegen den Türrahmen, um die anderen draußen im Auge behalten zu können. Matzbach hatte Abromeit als Schutzschild vor sich und ging rückwärts zur Tür; dann stieß er ihn weg und glitt neben mir ins Innere. Ich schoß noch einmal, diesmal dorthin, wo ich zuletzt Hegel gesehen hatte; dann schloß ich die Tür.

»Wohlgetan, du braver Knappe«, sagte Matzbach. Er grinste mich an. »Jetzt aber hurtig, mein Gutester.«

Wir rannten zur Hintertür, hinaus auf die Veranda und weiter zu dem kleinen Erdwall, von dem Zaches vorhin – vor ein paar Minuten? vor Stunden? – Spaten oder Schaufeln weggetragen hatte.

Masud kroch nach rechts; er hatte ein Gewehr, aber es war nicht das alte Gerät aus dem Haus, sondern ein neueres Armalite-Erzeugnis; genauere Details konnte ich allerdings nicht erkennen. Zaches kroch nach links – weiter nach links, denn ein Stückchen hatte er sich schon dorthin bewegt, ehe Matzbach und ich die notdürftige Deckung erreichten. Der Zwerg schleppte Armbrust und Blasrohr mit sich. Ein kriechender Zwerg mit Armbrust, ein kriechender Usbeke mit ... ah, jetzt sah ich, daß er leichte Lederhandschuhe trug, die mir den Blick auf das Gewehr ein wenig erschwerten.

»Das ist doch alles absurd«, sagte ich leise.

»Meinst du denn, unter anderen Bedingungen, ohne ablenkende Absurdität, hätten wir eine Chance?« sagte Matzbach. Er legte den Stockdegen neben sich und tastete in der Erde des Walls nach etwas.

Coralie lag hinter einer alten Kaminplatte, die Zaches offenbar als Brustwehr eingebaut hatte. Sie hielt die Augen geschlossen und redete unausgesetzt, außer, wenn sie Luft holte.

»Wir machen jetzt ein bißchen Heimatkunde, Kinder; so hat man das früher genannt. Beginnen wir mit den wichtigsten Teilen der Eifel. Das Hohe Venn ...«

Ich legte ihr eine Hand auf den Mund; sie biß mich. Als ich die Hand wegzog, sagte sie leise: »Ich muß reden, sonst platz ich, BoBo. Hohes Venn. Schneeifel, auch Schneifel genannt. Daß es früher viele Vulkane gab, sieht man an den alten Kramp- und Kraterseen, die Maare heißen. Dazwischen treiben Plappergeister ihr Unwesen, manchmal auch Baumeister, Baumgeister, Raumkleister ...«

Ein Krachen, als – so hörte es sich jedenfalls an – jemand die Vordertür mit einem Tritt sprengte. Schüsse. Eine ganze Serie von Einschlägen. Ich hatte das Gefühl, daß sich die Holzhütte schüttelte.

»Scheiße«, schrie einer, wahrscheinlich Hegel. »Die sind weg!«

»Durch und außen rum!« Das war Abromeit. »Die können nicht weit sein. Keiner ...«

Ein lautes Gurgeln. An der linken Ecke des Hauses hatte sich jemand zu weit vorgewagt. Ich weiß nicht, ob Zaches zuerst die Armbrust oder das Blasrohr verwendete – was auch immer, der Waghalsige taumelte, hielt sich den Hals und schien nach hinten zu fallen. Gleichzeitig begann rechts von uns Masud zu schießen.

Coralie redete schneller und lauter; ich konnte mich kaum auf das konzentrieren, was weiter vorn geschah. Matzbach, der einen ungezielten Schuß (woher hatte er plötzlich die Pistole? Aus dem Wall?) auf die Hintertür abgab, hinderte mich durch sein wütendes Knurren zusätzlich daran, genauer hinzuhören.

»Um Gottes willen, Mann, kannst du die nicht zum Schweigen bringen?« maulte er. »Ich hör kaum was von denen.«

»Wie denn?« sagte ich.

»... und neben den vielen alten Sagen und Märchen«, sagte Coralie laut, »gibt es die schönen, heute, küß mich, du Trottel, leider kaum noch gelesenen Bücher von Clara Viebig, in denen ...«

Krieg, dachte ich, ist eine Fortsetzung der Politik mit anderen Mitteln. Im Krieg und in der Liebe ist angeblich alles erlaubt. Wieso Liebe? Quatsch. Aber ...

Ich preßte meinen Mund auf Coralies Plappern. Sie versteifte sich ein wenig unter mir. Dann schmeckte ich ihre

Zunge, und ein Arm legte sich auf meinen Rücken, eine Hand streichelte meinen Nacken, ich fühlte ihren Körper unter den schmerzenden Stellen meines Bauchs, dann nur noch Hitze, keine Schmerzen mehr, und die Mutter (der Vater?) aller Erektionen suchte mich heim, und ich wollte lachen, weil alles so vollkommen wahnsinnig war, aber eigentlich wollte ich ganz etwas anderes, und Matzbach neben mir gab einen weiteren Schuß ab. Dann fluchte er.

Jemand brüllte. Coralie bäumte sich auf, stieß mich von sich, rollte zur Seite. Ich kam halb auf den Rücken, tastete, fand den Griff von Baltasars Stockdegen und sah Hegel, der auf den Wall gesprungen war, Matzbach die Pistole aus der Hand trat und sich auf uns stürzte. Irgendwie gelang es, rechtzeitig die Hand zu bewegen, zu drehen; Hegel stürzte in den Degen.

Und plötzlich hörte ich die verzerrte Stimme aus der Ferne, die behauptete, Polizei zu sein und alles umstellt zu haben und aufforderte, die Waffen zu strecken. Oder niederzulegen.

15. Kapitel

Matzbach hatte einen Waffenschein für seine Pistole. Masud hatte Handschuhe getragen – wer auch immer das Armalite benutzt hatte, es gab keine Fingerabdrücke. Auch nicht an der von mir benutzten Pistole; ich nehme an, Matzbach hatte sie abgewischt. Einer der Beamten knurrte etwas von Schmauchspuren; ein anderer sagte etwas von berechtigter Notwehr und fragte, ob jemand sich wirklich mit Blasrohren beschäftigen wolle. Nachspiel, morgen, Vernehmung, Präsidium, keine Fluchtgefahr, genug mit der Bearbeitung der richtigen Schufte zu tun ...

Gegen Mitternacht – es hätte auch die des nächsten Tages sein können – fielen wir in der *Furt* ein. Mick und Helga waren dabei aufzuräumen und zu schließen. Keine Gäste mehr außer Adelheid, und die lag schnarchend in der Ecke vor der Musikbox, die nacheinander *Heißer Sand* und *Brennend heißer Wüstensand* und *I've Been Through the Desert on a Horse with no Name* spielte und danach, zur Abkühlung, *Les neiges du Kilimandjaro.*

Ein schweigsamer Mann, der einen dunklen Anzug trug und seinen Namen nicht nennen mochte, war mitgekommen. Genauer: Er hatte den Wagen gelenkt, auf dessen Rücksitz ich Coralies Hand hielt, während Matzbach auf dem Beifahrersitz gegen etwas protestierte, was ich nicht verstand. Der dunkle Mann redete zu leise, Baltasar widersprach zu laut; ich glaube, es ging um die wenigen Dinge, über die man reden durfte, und die vielen, von denen man zu schweigen hatte. Auf dem Weg zur Tür der *Furt* sagte Matzbach wütend: »Ach, hören Sie mir doch mit Wittgenstein auf!«

»Mit wem?«

»Was war denn da drüben im Wald los?« sagte Mick, als wir ihn und Helga überredet hatten, noch nicht zu schließen. Er zapfte, und Helga entkorkte Weinflaschen. »Jemand hat was von einer Schießerei erzählt; wißt ihr was?«

»Eine kleine Meinungsverschiedenheit«, sagte der Dunkle. »Hat sich aber in Wohlgefallen aufgelöst.«

»Ach so. Na dann.«

Gereon erhielt das erste Kölsch. Er hob es, betrachtete es liebevoll und zwinkerte mir zu, während er es auf einen Zug leerte. »Nachschub«, rief er. Dann sagte er leiser zu mir: »Ich sollte dir wohl noch eine Kleinigkeit stecken.«

»Später«, sagte ich. »Gleich.« Ich schnappte mir ein Weinglas und brachte es Coralie, die auf einem Stuhl eher hing denn saß. Sie gähnte, nahm das Glas, lächelte und sagte: »Du, wir ...«

»Gleich«, sagte ich. »Moment noch.«

Zaches saß im Schneidersitz auf dem Tisch neben der Musikbox, trank Wodka aus einer Flasche, ließ sie sinken und rief: »BoBo, auf ein Wort!«

»Alsbald«, sagte ich. »Morgen.«

»Nein, jetzt.« Matzbach packte mich am Arm und zog mich aus dem Lokal; der Dunkle folgte.

»Was soll das?« sagte ich. »Ich will ...«

»Zuhören, das willst du. Den anderen kann ich's nachher in der demolierten Hütte noch beibringen.«

»Was denn?«

»Die offiziell verschwiegene Version.«

Der Dunkle seufzte. »Machen Sie schon!« sagte er.

»Hegel ist tot«, sagte Matzbach. Er klopfte mir sanft auf die Schulter. »Irgendwie mit einer Degenspitze kollidiert. Drei andere von den Buben sind verletzt, unterschiedlich heftig.«

»Abromeit?« sagte ich.

»Leider heil geblieben, darf jetzt aber ganz lange mit ein paar Staatsanwälten plaudern.«

»Was ist mit Nawazish?«

»Den hat es nie gegeben«, sagte der Dunkle.

»Er hat Oswin ...«

»Den hat es auch nicht gegeben.«

»Nawazish ist auf dem Weg nach Washington. Oder Langley«, knurrte Matzbach. »Vorrangige Interessen und so was. Wird vielleicht später mal ...«

»Wird er nicht«, sagte der Dunkle.

»Kurzfassung für dich.« Matzbach sog Luft durch die Schneidezähne. Im Halbdunkel vor der erleuchteten Kneipe sah er zehn Jahre jünger aus als vor ein paar Tagen. Erstaunlich, dachte ich, was Tabak, Kaffee und ein bißchen *action* so bewirken. »Ein paar Firmen, die Seidler koordiniert, liefern allerlei Material und Kenntnisse nach Afghanistan ...«

»Keine Einzelheiten«, sagte der Dunkle.

»Ja, ja, ja, ist ja gut. Man hat in Pakistan mit Mittelsmännern verhandelt, die dafür sorgen sollen, daß die Geschäfte auch mit den Taliban weitergehen, wenn die demnächst ...«

»Kürzer, bitte«, murmelte der Dunkle.

»Himmel, hilf!«

»Er hilft nicht«, sagte ich. »Soll ich's mal versuchen? Material, Waffen, Maschinen, bisher gegen Geld, demnächst gegen Rohopium, für das in Europa dann ein von Abromeit koordiniertes Verteilersystem aufgezogen werden muß.«

»Bah, was für eine scheußliche Phantasie du hast!« Matzbach grinste.

»Keine Ahnung, wovon Sie reden«, sagte der Dunkle.

»Dafür wollen die Taliban aber noch was«, sagte ich, »nämlich die Namen und Adressen von Leuten, die ...«

»Ich glaube, das reicht«, sagte der Dunkle etwas energischer.

»Nee, find ich nicht«, sagte Matzbach. »Nawazish ist zur NATO gekommen und in Seidlers Organisation eingeschleust worden, weil es schon länger den Verdacht ...«

»Sie gehen zu weit«, sagte der Dunkle.

»Hat sich dann aber«, fuhr Baltasar ungerührt fort, »von Abromeit und Co kaufen lassen und liefert Namen an ...«

»Ach, hören Sie doch auf!«

»Ein gewisser Anwalt soll schweigen und flieht, ehe man ihn umbringt, ist aber nicht sicher, ob er alles vernichtet oder verräumt hat.«

»So ohne Namensnennung geht das fast«, sagte der Dunkle.

»Deshalb will er sein Haus, ah, sterilisieren lassen und bittet einen Freund, jemanden dafür zu bezahlen.«

»Wissen wir eigentlich, wieviel?« sagte der Dunkle.

»Nein. Die Truppe von Masud und Oswin ...«

»... den es nicht gibt. Jedenfalls nicht hier ...«

»... mag nicht oder kann nicht oder so, will aber aufpassen, daß nichts schiefgeht. Haben erst nachts von Arndts Flucht erfahren, können also gar nicht früher zum Haus fahren. Und zufällig kommen gleichzeitig mit dem beauftragten Brandstifter Hegel und noch einer, wahrscheinlich Nawa...«

»Gibt's nicht«, sagte der Dunkle.

»... zu dem Haus, um Unterlagen und allerlei Material zu suchen, sehen Oswin, sind aber nicht sicher, ob er es ist und was er damit zu tun hat, daß das Haus plötzlich hochgeht; sie beschatten ihn zwei, drei Tage in Belgien und Frankreich, kriegen dabei noch ein paar Namen raus und beschließen dann, ihn umzubringen.«

»Hm«, sagte der Dunkle. »Also ...«

»Wahrscheinlich haben sie auch Coralie gesehen«, sagte Matzbach. »Und was mich angeht, so lege ich äußersten Wert darauf, daß du nicht etwa an der materiellen Lauterkeit meiner Motive zweifelst.«

»An der was?« sagte der Dunkle.

Ich lachte leise. »Fürchtest du, für einen Philanthropen gehalten zu werden?«

»Eben dies. Gräßlicher Gedanke. Am Ende meint glatt noch jemand, ich hätte ein Gemüt. Jene an Afghanen und vor allem Afghaninnen interessierte junge Dame, deren köstlichen Leib Zaches mal ... was hat er damit gemacht? Was auch immer, jedenfalls hat sie ihn angerufen und gesagt, sie wolle ein bißchen Geld dafür ausgeben, das Leben ihrer Schützlinge sicherer zu machen. Das ist irgendwie in meine Hände geraten, aus diesem Fundus wirst du in den nächsten Tagen das vereinbarte Honorarium beziehen, und deswegen habe ich mich hier herumgetrieben, als ich von der Erwartung eines Hausschadens erfuhr.«

»Jesses, können Sie reden!« sagte der Dunkle. »Das wär's, nicht wahr? Und selbstverständlich werden Sie darüber schweigen. Bis auf weiteres.«

»Klar«, sagte ich. »Das würde uns doch sowieso keiner glauben.«

»Du kannst es ja für mich aufschreiben«, sagte Matzbach. »Gegen Honorar.« Er grinste. »Damit du mich ins rechte Licht rückst; ich lese so was dann gern auf dem Klo.«

»Und Sie sorgen bitte dafür, daß auch die anderen ...?«

»Die haben Sie doch schon vergattert«, sagte Baltasar. »Aber ich sag's gern noch mal.«

»Eine Frage hätte ich aber auch.« Der Dunkle klang plötzlich ganz konziliant. »Wenn Sie gestatten.«

»Immer zu.«

»Sie wissen wirklich nicht, wer im Haus dieses Anwalts mit Benzin und diesem primitiven Zünder ...?«

»Keine Ahnung«, sagte ich.

»Wenn ich was rauskriege, laß ich es Sie wissen.« Matzbach klopfte dem Mann auf die Schulter.

»Gut; ich gehe dann jetzt. Kommen Sie allein klar? Haben Sie hier irgendwo Autos oder so?«

»Oder so«, sagte Baltasar. »Gute Heimfahrt.«

Wir standen noch einen Moment herum, sahen einander an und hörten den Dunklen abfahren. »Zwei Fragen«, sagte ich, »zu denen ich vor lauter Unfug nicht gekommen bin.«

»Und zwar?«

»Wozu das alles, und warum so? Und zweitens: Was wolltest du denen eigentlich im Austausch gegen Coralie bieten? Falls es tatsächlich zu Verhandlungen gekommen wär?«

»Ich hab eine Schwäche für rothaarige Plappergeister. Bis Coralie entführt wurde, hab ich tatsächlich überlegt, alles der Polizei ...« Er zuckte mit den Schultern. »Aber die ist sowieso überlastet. Die Wirtschaft ist wie immer beteiligt. Und die mit dem kleinen restlichen Spielraum sind so mit Rauch- und Schreibverboten beschäftigt, die werden nicht genügend Visa bewilligen, um mehr als eine Handvoll Afghanen zu retten. Also. Und wenn dabei auch noch Geld abfällt ...«

»Warum so?«

»Ich wollte noch was erleben, bevor ich die Zehen nach oben drehe und Raumtemperatur annehme.« Er grinste. »Und als Verhandlungsobjekt hatte ich deine Kenntnisse, deine Aussage und, eh, dich persönlich vorgesehen.«

»Du Arsch.«

»Jederzeit gern.«

»Was passiert eigentlich mit Seidler?« sagte ich.

Baltasar räusperte sich. »Kleiner Trottel«, sagte er. »Die hohen Herren wissen doch nie etwas von dem, was ihre Untergebenen tun. Es sei denn, Abromeit packt aus. Apropos

Abromeit.« Er tätschelte mir die Wange. »Es mag dir dies zu läßlicher Verblüffung gereichen.«

Da er nicht weitersprach, sagte ich: »Was denn, du dicker Teufel?«

Er schmatzte. »Hab ich doch schon mal gehört? Egal. Wie viele der Kanaillen des Landes ist Abromeit natürlich ursprünglich Jurist. Und Antiraucher, häh. Errätst du, was er vor seinem Aufstieg bei Seidler getan hat? So Mitte bis Ende der Neunziger?«

»Du wirst es mir bestimmt gleich sagen.«

»Er hat die Affen beraten, die damals diese sogenannte Rechtschreibreform ausgeheckt haben.«

»Das hast du dir gerade ausgedacht!«

»Hab ich nicht. Es hängt eben alles mit allem zusammen, und die unwahrscheinlichen Zufälle sind immer auf meiner Seite.«

»Wenn du meinst ...«

»Ehe wir reingehen«, sagte er, »wollte ich doch bemerken, daß ich an dem Morgen bei dir, als ich an einer deiner Selbstgedrehten geschnüffelt habe, einen leisen Benzinhauch ...«

»Kann gar nicht sein. Komm, ich hab Durst.« Ich holte mir ein Kölsch und wollte zu Coralie gehen, aber Gereon fing mich ab.

»Eh, Jungchen«, flüsterte er. »Ich wollte bloß sagen, schade um all die Schnäpse, die ich letzten Sonntag hinter deinem Rücken weggeschüttet hab; ich mußte doch auf das Haus achten. Und ich hab da olle Klamotten gefunden, in der Ecke vom Garten, hinter Sträuchern, weißt du. Haben ein bißchen nach Benzin gestunken, da hab ich sie verbrannt. Meinst du, jemand vermißt die?«

»Glaub ich nicht. War wohl das beste so.«

Er nickte und gab mir einen leichten Schubs. »Geh schon, ehe die einschläft.«

Coralie schaute auf, als ich zu ihr kam. »Du«, sagte sie. »Vorhin, eben, neulich, im Wald ...« Sie hakte den Zeigefinger eine Sekunde hinter meinen Gürtel und ließ die Hand dann sacht abwärts gleiten. »Hab ich das richtig gespürt?«

Ich streichelte ihre Wange.

»Hat sich gut angefühlt. Und dringend.«

»Und wie. Ich hoffe, es hat nicht gestört.«

Sie lachte. »Du bist doof. Gibt's da draußen irgendwo Moos oder so was?«

Ich dachte an die Schrift auf ihrem Sweatshirt, nahm ihre Hand und zog sie hoch. »Eine warme Nacht; wir können ja mal nachsehen.«

Als wir draußen waren und Hand in Hand flußaufwärts gingen, sagte sie: »Hier auch dringend. Ist es noch weit?«

»Gleich da vorn.«

»Gut; bis zu dir schaff ich's nicht mehr, ohne im Stehen einzuschlafen.«

Neben dem Radweg fanden wir hinter einer Baumgruppe eine weiche, sichtgeschützte Stelle. Coralie öffnete meinen Gürtel, dann ihren, und streifte ihre Jeans ab. »Mach schnell«, murmelte sie.

Ich ließ die Jacke fallen und öffnete die oberen Knöpfe, um das Hemd über den Kopf zu ziehen. »Was hattest du mir eigentlich sagen wollen?« sagte ich dabei. »Am Telefon, beziehungsweise eben nicht am Telefon?«

Sie gluckste. Als ich das Hemd ausgezogen hatte, sah ich sie hinreißend nackt in einem Mondscheinflecken stehen, und ich glaube, mir wurden die Knie weich.

»Kann ich jetzt nicht überprüfen«, sagte sie. »Ist nicht hell genug.«

»Was denn?«

»Nach dem Rums, an dem Morgen.« Sie ließ sich zu Boden sinken und zog mich mit sich. »Inzwischen ist mir eingefallen, daß ich da was gesehen hab. Im Nebel. Da ist ein nackter

Mann am Feld langgelaufen und war dann weg. So als ob er in den Garten von dem Haus gerannt wär, wo ich dann auch rein bin. Morgen muß ich dich mal von hinten angucken. Könntest du gewesen sein.«

»Warum soll ich denn nackt übers Feld rennen? Nackt liegen ist viel besser.«

»Mhmhm.«

KBV KRIMINALROMAN

Gisbert Haefs

MORD AM MILLIONENHÜGEL

Taschenbuch, 224 Seiten

ISBN 978-3-942446-38-9

9,50 EURO

Nach einer arg durchzechten Nacht findet Baltasar Matzbach morgens in seinem Bad eine zweite Zahnbürste, die abends noch nicht da war. Nun ist selbst in Bonn anno 1980, wo viele Dinge möglich sind und viele unmögliche Dinge Gesetz werden, das Eindringen einer Zahnbürste in eine abgeschlossene Wohnung ein seltsamer Vorgang. Matzbach, einem seiner angeblichen Freunde zufolge »Mischung aus Falstaff und Kater Garfield, als Hobbydetektiv auf die Menschheit losgelassen«, macht sich daran, die Herkunft der Bürste zu ermitteln. Hinter einem winzigen Ding könnte sich ja etwas Großes verbergen. Tatsächlich stellt er bald fest, daß ein Mann, der mit ihm nachts die letzte Kneipe verlassen hat, nicht mehr aufzufinden ist. Ein paar Bekannte, schräge Vögel, helfen Matzbach bei der Spurensuche, bis sie schließlich in einer noblen Wohngegend etwas finden, was man so in der Hauptstadt der rheinischen Republik nicht erwartet hätte.

»Haefs Amateur-Detektiv Baltasar Matzbach schnüffelt mit gargantueskem Lebenshunger krummen Hunden, schrägen Vögeln und falschen Hasen der Bonner Republik nach.«
(Der Spiegel)

KBV KRIMINALROMAN

Gisbert Haefs

UND OBEN SITZT EIN RABE

Taschenbuch, 261 Seiten
ISBN 978-3-942446-49-5
9,50 EURO

Ein Bonner Anwalt mit politischen Verbindungen wird im Bett erschossen aufgefunden, neben ihm die Leiche seiner Geliebten. Diese hatte gerade ihren Mann verlassen, Andreas Goldberg. Der verliert gleichzeitig seinen Job und profitiert von der Lebensversicherung der Toten. Grund genug für die Kripo, ihn festzunehmen. Nur sein Freund Moritz glaubt an Goldbergs Unschuld, und Moritz gehört zu den Kumpeln von Baltasar Matzbach, einem seiner angeblichen Freunde zufolge »Mischung aus Falstaff und Kater Garfield, als Hobbydetektiv auf die Menschheit losgelassen«. Goldberg besitzt einen fluchenden Raben namens Poe – Grund genug für Matzbach, sich um die Sache zu kümmern. Die Ermittlungen führen ihn und den Raben von der Bonner Bundes- und Kommunalpolitik über die Gesellschaft zur Stärkung der Verben in die Rhön und den Grauschleier der Geheimdienste, und erst beim blutigen Showdown auf dem vereisten Watt vor St. Peter-Ording klärt sich alles.

»Die Matzbach-Romane von Gisbert Haefs gehören tatsächlich zum Sahnehäubchen deutscher Kriminalschriftstellerei.« (Hammet-Krimibuchhandlung)

KBV KRIMINALROMAN

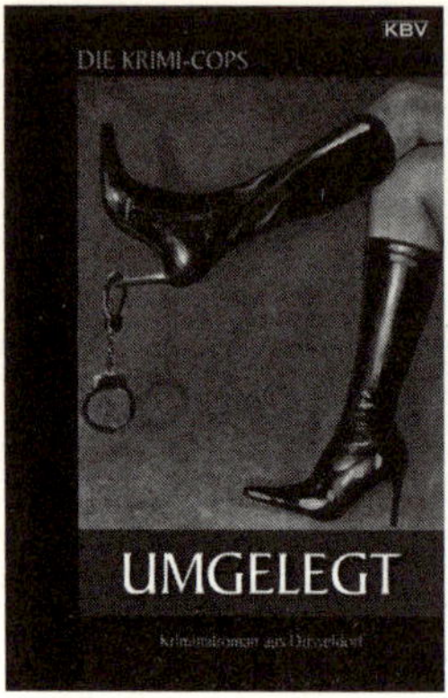

Die Krimi-Cops

UMGELEGT

Taschenbuch, 300 Seiten

ISBN 978-3-942446-06-8

9,90 EURO

Kriminalhauptkommissar »Struller« Struhlmann ist ratlos. Niemand scheint die unbekannte, hübsche Tote zu vermissen, die in einem Container am Düsseldorfer Rheinufer ermordet aufgefunden wurde. Sein Ex-Praktikant Jensen, derzeit eigentlich im Urlaub, hat ebenfalls alle Hände voll zu tun. Er soll den Schwiegersohn in spe eines tschechischen Kollegen suchen, der nach einem ausgedehnten Altstadtbummel nicht wieder zu seiner Verlobten zurückgekehrt ist. Als die beiden Ermittler bei ihren Nachforschungen in einem Tabledance-Laden übereinander stolpern, zeichnet sich ab, dass beide Fälle etwas miteinander zu tun haben könnten. Gemeinsam führt sie nun eine rasante, temporeiche Mörderjagd ins Düsseldorfer Rotlichtmilieu, in vornehme Tennisclubs, auf wilde Stripteasepartys und in exklusive Schönheitssalons, zu Oma Jensen nach Herongen und bis ins ferne Prag.

Als die beiden Ermittler schließlich erfahren, wem sie diesmal auf der Spur sind, macht das die Sache weder einfacher noch ungefährlicher … ganz im Gegenteil!

»... der neueste »Kriminalroman aus Düsseldorf« ist lesenswert, spannend und voller Selbstironie.« (Der Westen)

»Ein MUSS für alle Liebhaber spannender, actionreicher Krimiszenen gewürzt mit einer gehörigen Portion Polizeihumor.« (Polizei-NRW)